宝琴
文化
LUTE MEDIA

故事的废墟

[马来西亚] 邓观杰 · 著

北京联合出版公司
Beijing United Publishing Co.,Ltd.

怪物、写作机器与废墟

——序邓观杰《故事的废墟》

黄锦树·暨南大学中文系教授

一九九三年出生的邓观杰属九〇后，小我二十六岁，是最新一代在台获奖的小说作者。虽然同样是经由文学奖而进入文学场域，但在中国台湾的文学奖朝向参赛资格限定本地作者之后，台湾的文学奖扮演的角色或许已不再那么显眼。从观杰的资历来看，所获三个文学奖横跨马来西亚和中国的香港、台湾，也都是以大学生为对象的文学奖。二〇一三年，二十岁那年获马来西亚花踪新秀文学奖小说首奖，初试啼声（该篇作品没收入本小说集①）。四年后，二〇一七年香港全球华文青年文学

---

① 题为"搬家"，收入《后浪文集》（星洲日报2015：83—89），这篇小说简单了些。——作者注

奖小说组首奖。二〇一八年印刻文学超新星文学奖首奖的作品，原系同一年政治大学道南文学奖的首奖作品，差不多可以说是中国台湾地区的大学生文学奖。

这本小说集收录的是作者第一个十年的习作。只有八篇，数量上不甚多，但作为一个上大学才开始学习写小说的新人，进步却相当显著——他很快就掌握了小说的基本技艺、节奏，甚至展现出自己对小说的独特感觉，这是相当难得的。这些小说大都写得不错，看得出才情和潜力。同样就第一本书做比较，邓观杰甚至比龚万辉和张栢榗还老成、老练些。

多数篇章都以第一人称视角展开叙事（只有《乐园》除外），多篇有双乡的结构（除了《故事总要开始》），不难看出经验的对照给予的启发。小说的家庭剧场，父亲要么缺席，或处于不重要的边缘位置，这也是颇耐人寻味的。从这些作品里（除了其中的两篇），我们可以看到三个主要的装置——怪物、文字机器、废墟——有时是同时起作用，有时是单独起作用。用作书名的“废墟的故事”即同时包含三者，故容后讨论。

二〇一七年的获奖作品《Godzila 与小镇的婚丧嫁娶》是篇力作，借由怪物哥斯拉（Godzila）（哥斯拉系列电影里灾难的想象，同时是具有世代象征意义的流行文化指标）来敷衍一个小镇的变迁、人物的成长代谢。电影院、麦当劳的引入，是都市化（资本主义化、"发展"）的深化，直接冲击小镇的日常生活、衣食住行。小说中穿插着许多乡土小说常见的情节："我"成长、祖母老去、电影银幕上的哥斯拉影象、作为麦当劳赠品的塑胶哥斯拉"实体"。最终，它仿佛幻化潜入地底，淘空了小镇，让它一步步成为废墟，就像那没有如愿"一直开到后山芭去，带旺这一带乡镇"的火车头，那一度热闹的电影院、旧街场，它们要么消失，要么成了废墟。作为小说，它以婚礼和葬礼的荒谬同时成功地营造出闹剧狂欢，哥斯拉退居幕后——即便是新版的——过于拥挤的小镇已容不下它，它自身也无可奈何地废墟化。

《乐园》的游乐园装置，作为殖民的现代性隐喻，一种机械装置，它是能带来欢乐的现代"怪物"。一种超现实的存在，它庞大、它能移动、它内含鬼屋，它成为"建国"实质的家。"白天以生锈铁器拼凑而成的废墟，到夜里就一洗颓相"，它会发光。时移事易，衰败之后，"矗立的乐园忽然变成了一块巨大的废墟"，在那废墟的废弃鬼屋里，幻化演出马共的森林剧场。当然，那早已是大马历史的废墟了。那废墟，在《故事总要开始》里重演了一次。在那篇晦涩的寓言里，革命那怪物引发的狂火意外地烧遍马来半岛，一切烧尽之后，余下的，除了废墟还能是什么？

两篇《林语堂的打字机》都直接关涉"写作机器"。身为五四散文名家，林语堂和南洋的渊源，最主要就是受邀到星加坡^①担任南洋大学首任校长，不到一年就灰头土脸地被扫地出门（当然和当时的冷战政治、星洲的左翼狂潮有直接的关系）。小说关切的不是林语堂与南洋，而是挂着林语堂名义的中文打字机^②。新文学名家、那一代最成功的英语作家去发明中文打字机，这事本身就富传奇意味。那让林语堂尽心力的机械装置是个现代梦想、神奇装置，当然也是个"怪物"（尤其在邓观杰的小说里）。因无法量化生产，林语堂的中文打字机原型机最终其实成了奢侈的废墟。而观杰小说里的林语堂的打字机比较像是架自动书写机器，一台超级计算机，臆想它可以让不能言者言，让不可说的变得

---

① 即新加坡。

② 林语堂在一九四六年发明了"明快"打字机，为了它，耗尽积蓄。关于这事件的简要讨论见石静远《林语堂与"明快"打字机》，王德威主编，《哈佛新编中国现代文学史》（下），麦田出版社。当然，在林语堂之前就有人尝试发明中文打字机。关于中文打字机发明的简要历史，参维基百科"中文打字机"辞条。——作者注

可说，并给予说者启示："我将最私密不堪的记忆与经验交给他，他就会借我母亲的语言，以此为我个人的困境指引出路。"那也涉及写作的救赎与伦理："弟弟既然无法言语，我的记忆也不可靠，我所写出并读到的一切，都可能是出于先生和打字机所杜撰的故事。故事就是故事，文字就是文字，相信两者与救赎的相连，和母亲的迷信相差无几。"从存在的废墟里汲取意义，救赎与否，是信仰层次的问题了。从这个角度来看，对他而言，所有的故事或许无非是某种意义的"废墟的故事"。

《废墟的故事》以校园废墟为舞台，把故事的窃取、挪用（从经验的废墟）、诸多废弃物组成的巨大垃圾怪物、文字机器（计算机）、电玩游戏（降落的砖块）和打字（练习）、网络色情和现实的恶，全都堆栈在一块，互为隐喻。作者对写作的看法可能具现于此了。它或许也反省了，二十世纪八〇年代末计算机普及后，手稿时代远去，之后的写作者不可能不学中文计算机打字（某种形式的林语堂的遗产），"文字机器"在写作中扮演了越来越重要的角色。个性化的笔迹消失了，直接转化为普遍、无个性的印刷体，可以直接移转进网络空间。手与字之间的直接性消失了。某种感性的废墟或许早就先验地形成了。

然而，从经验的废墟汲取诗意是可能的，否则就不存在写作。写作可以是游戏，当然也可以是一个重建意义的过程。

最后，谈谈剩下的两篇没有明显的前述的三个装置的。《巴黎》是篇可圈可点的抒情喜剧，借由抽烟这回事，串联起叙事者与外祖父的情感联结，外祖父话语里膨风的"巴黎"恰因其为空洞的能指而富含趣味。那外祖父，处于废墟般的余生，在亲属关系中已是标准的废弃物，家属避之唯恐不及。那根温情的烟，燃起的是意义。《洞里的阿妈》以典型的双乡对比、第一人称展开。曾经跳进化粪池自杀的母亲（不言而喻地陷于婚姻废墟困境）、在台北蛰居公寓厕所的"我"，都努力克服身陷的窘境。小说最出色的部分是"化腐朽为神奇"，赋予厕所一种"家"的庄严感觉。故乡的粪坑与他乡的厕所，落后与进步，我们与你们，通过系列差异的对比：生活就是适应。母语，中文，一个个方块，以文字机器逐一打出来：

有时我吃着自己在厕所里煮出来的罗宋汤和牛排，心里会颤颤地觉得感动欲泣。我告诉自己，我终于远远地离开了粪坑。重新学习我的母语，变成你们的样子。

超越小说自身的脉络，最后一句应作："重新学习我的母语，抵达你们难以想象的远方。"

2021/4/18

目 录

故事总要开始

该从哪里说起呢？

这样说好了，首先你要知道，我祖父是伟人。

我祖父是伟人，这点是毋庸置疑的。当伟人是每个人的梦想，想当伟人很难，可是要当伟人的孙子，那更是三生也修不来的难。这是从小我大婆婆和阿爸就一再告诉我的。可是你也不用太羡慕，上天要给一个人好处，少不了多捎带些麻烦，所谓天降大任于人，必先给点麻烦嘛。当伟人的孙子也是这样，经常有些凡人遇不到的麻烦。

譬如说我家里人都告诉我，除了小叔叔之外，我是祖父最疼的小孩，我对祖父的疼爱却印象不深。大婆婆有时要我陪她逛夜市，她会指着卖芋头糕的摊子问我，以前你阿公每天买这个给你吃，你记得吗？我漠然摇头。然后我大婆婆就急了，怎么会不记得，她说。你不是最喜欢吃这个吗，他连我的都不买，只记得买你的，怎么不记得。

大婆婆唠唠叨叨地皱起眉头。我看着摊子上印着的芋头糕照片，努力回想芋头的滋味。

这种事经常发生。

又像我上中学那天，全家都来观礼。典礼结束，校长郑重地拉着我和小叔叔，带我们看礼堂的匾额。新盖好的礼堂气色鲜白，匾额乌黑暗沉地压在白墙上，上面写着"声教南暨"四个飞横大字，张牙舞爪地俯视我们。

林立邦，上面题的是谁的名字呀？校长亲切地问我。

我看不懂书法字，眯着眼半天说不出话来。校长笑了，他转而指向印在墙边的一串数字。林立邦，那这是什么日子啊？我迟疑不决，望向小叔叔求助，小叔叔一副事不关己的样子，一句话也不说。

倒是我阿爸急了，笨！我阿爸说，是你和小叔叔的生日啊，上面字是阿公写的啊，礼堂是阿公捐的啊。阿公以前不是带你来过很多次了？怎么会不记得？

我漠然摇头，眼角却瞥见小叔叔缓缓点头。哦，他说，我知道啊，阿爸以前带我来过。

我阿爸急切地看我。

我也记得了，我说。

身为林老师的孙子，身边的人不断告诉我该记得的事。好在日子久了，我也记得了，譬如说我祖父是伟人，这点是毋庸置疑的。

当然，我也不是白当伟人孙子的。伟人的故事版本众多，但有些事迹只有最贴近的人才知道。我把这些事珍藏在记忆的深林里，从来没有人对我提起过，我也不曾对其他人说起。

我记得常有奇怪的客人来找祖父。和平时那些走大门进来的安哥不同，他们瘦巴巴干铮铮，浑身散发灰溜溜的酸味。我看见祖父打开满是苔藓的侧门，把一只只老鼠般的男人引入书房，一关起门来就是大半天，连饭也不出来吃。

客人大多在深夜时离开，我小叔叔一次半夜起床尿尿碰见，说他们走时带了好大一袋东西，祖父带着他们，从侧门闪闪缩缩地走进后山去。白天，我和小叔叔打开侧门，看见门槛的绿苔上多了几道新鲜刮痕。侧门到后山本来是没有路的，只蔓生着杂草和无用的灌木，后来走的人多了，便有了一道蜿蜒斜上的、白色的小路。

不过，后山小路虽然是真的存在，但除了小叔叔之外，从来没人看过有人在上面走。小叔叔有一阵子以独享祖父的秘密为傲，什么深夜鬼祟离开的客人，搞不好也是他做出来炫耀的。

不如你就把它忘了吧，我用另一件跟你交换。

我还有另一件和祖父有关的事，这次真的只有我一个人记得。这件事我尘封在祖父的书架里，从来不曾对其他人说起。

大概还在小学。那天我发高烧没跟小叔叔出去玩。我记得下午祖父买了炸香蕉回来，见小叔叔不在，就把我叫进书房。

趁热吃，阿公说。

　　书房里灰尘漫漫，那天我浑身滚烫，掌中香蕉油浸透报纸。我贪婪张望，看见书架和地板上堆满的书本和旧报纸。我咀嚼金黄面皮，满口咸腻冲得头脑昏沉。其时我初识文字，大表姐有时会念报纸上的笑话给我听，我因此以为报纸上写的都是笑话。我缠着阿公，要求他念一段笑话。

　　我阿公笑了。我阿公开始说笑话。

　　他说，从前有个太监很爱听笑话，就每天缠着宰相，要宰相讲笑话给他听。宰相烦死了，就对太监说，好啊我给你讲个笑话，你听好了。很久很久以前……

　　我阿公停顿下来不说话，他盯着我看，眼角带着笑意。我停下牙齿，瞳孔波动犹疑。

　　"什么是宰相？"

　　"宰相……就是首相的意思。"

　　"什么叫首相？"

　　"就是……电视上说话的马来人。"

　　"所以宰相是马来人？"

"算吧，"祖父开始不耐烦了，"反正首相说：从前从前……"他又停了下来。

我仍记得幼年的我那分焦躁，我知道这是我独享的时刻，独享的炸香蕉，独享的祖父，独享的期待，独享的满室粉尘。然而我不知道祖父等待的答案在哪里，不知道延续故事的正确方式。

我利用吞咽的时间思考良久，于是问："那宰……那个马来人说什么？"

祖父迟疑了一下，他清了清嗓子："那个马来人说：很久很久以前……"

"我知道，然后呢？"

"不对，不对，你要说'下面呢？'。"

"下面……下面呢？"

"下面没有了！"我阿公忽地哈哈大笑，他摩挲我的头顶，拍打我的背，推搡我尚未成熟的鸡鸡。"小太监，小太监！"他一面叫，一面自己笑得喘不过气来。那是我第一次看到祖父大笑，我惊慌地看见他满脸的皱纹绽开。我漠然无措，我只能跟着一起大笑。

我笑得撕心裂肺且尖叫跺脚，"小太监！小太监！"我喊我闹，我笑得全身不由自主地颤抖，我笑得倒在阿公身上。炸香蕉压得绵烂，油汪汪的气息糅和书霉，小室里阳光如粉尘倒灌。我们笑了很久很久，到嗓子快笑哑了后，我为炫耀聪明而追问："那太监是什么？"

祖父的笑声戛然而止。

他注视我半晌，脸色逐渐阴沉。

他让我把香蕉拿出去吃，不要弄脏地板上的报纸。

然后祖父喊大婆婆带小叔叔回家，说慈母多败儿，别让小孩都玩野了心。

这件事我从来没对别人提起过。不过说来惭愧，虽然是祖父的长孙，但我从小脑子就不太灵光，很多事都记不太清楚，或许这也是我记错了。我脑子不灵光是大家都知道的，我们也不用避讳，过去的事情记错是人之常情嘛，反正日子总会过下去的。

像你问我祖父到底是怎么变成伟人的，其实我到现在都记不清楚。小时候我问过老师，为什么我的祖父是伟人。老师说，立邦你回去问婆婆。我回去问大婆婆，大婆婆说，写字的事她不知道，让我别烦她。我问阿妈，阿妈说你们林家的事不要问我这个外人。

只有我爸肯露一些口风。当时他在厨房里日夜研究食谱。汗水涔涔，他捞起一块肥猪肉，说祖父当年是杀日本仔的英雄。

"下面呢？"

"什么下面？"

"我的意思是，然后呢？"

"没有然后，然后就没有了。"

"怎么会什么都没有，杀完日本仔一定会发生什么事的啊。"

"谁让你多事的？"

我阿爸的目光在猪肉汤滚起的水汽间闪烁，我知道他有不愿意告诉我的事，所以我识相地没有记起来。当时祖父已经过世，他的幽魂在小镇上回荡，没人想要记得幽魂的故事，这也不能怪我。

或许小叔叔会知道一些。

祖父子嗣繁多，和我同辈的就有十几个，但没有一个比得上小叔叔。小叔叔是我们同龄的孩子间最厉害的，这点也是毋庸置疑。我和小叔同年同日出生，两个人住在同一屋檐下，祖父事事要求平等，因此家里不管买什么总是两个人平分。我和小叔叔如同孪生兄弟，两人从小到大用的东西几乎一模一样。大婆婆帮小叔叔买衣服会多给我一件，我阿爸到杂货店买支笔给我，也会顺道帮小叔叔买块橡皮擦。

饶是如此，小叔叔的本事就是比我高一截。

以前我们跟着祖父学认字，祖父用工整的楷体把字写下，一个一个教我们读。当时我还在吃力地牙牙学语，我小叔叔过目不忘，未上学前已经把小学课本的生词都记住了。上学之后差距更加明显，我每学期在及格边缘挣扎，小叔叔却从来没有考过第一名以外的名次。考试前夕我苦苦计算数学题，小叔叔在祖父书房里跟着祖父背唐诗、听祖父读伟人传记。

小叔叔也不是只会念书的呆子，他玩起来比谁都厉害。以前小学放学后，小叔叔常跟我们到金山沟里玩。金山沟满坑满地的废矿湖，是当年英国人采矿离开后留下的。小时候大人一再警告，无论如何都不能踩入湖中，因为人造的湖床会在看不见的地方陡然下陷数十尺，下面满是钩人的水草和亡灵。

你要知道，一旦被那些毫无目的、蔓生纠葛的枝节缠绕住脚步，就再也无法前进。无法前进，就什么都结束了。

当然还是有取乐的方法。应该说，只要我们足够谨慎，越危险的地方越能带来惊异的乐趣。

当时我们林家大大小小数十个小孩，有男有女分作两队，用橡皮筋、果实和不要的作业本，土制枪支弹丸，在废矿湖间跳跃厮杀。小叔叔骁勇善战且枪法极准，早熟的手臂鼓起紧绷的肌肉，杀起人来灰飞烟灭，连年纪最大的表哥都不是对手。作战时我总是紧跟在小叔叔身旁，这是所有玩伴都知道的，只要跟紧小叔叔就不会有打输的战役。

即使有时不慎被敌人包围，十几发子弹打在我们身上，我们背靠矿湖走投无路，鞋子已经被湖水完全泡湿。我早已哭得抱头求饶，但小叔叔仍葆有长辈的尊严："我屌你老母的臭尻！"我小叔叔说。然后他眯着眼睛盲目回击，枪枪精准地打在敌人阴囊和尚未发育完全的乳头上，没几下就把走狗们打得落荒而逃。"仲哭喊咩捻喊，快追鸠上去，半条狗嗽都不要留^①"，小叔叔一声号令，我和同袍们便哽咽着爬起身，抹抹鼻涕往前追击。

敌方也不愧为我祖父的后裔，他们大喊"扑街冚家铲！"^②，在撤退间捡起碎石补充弹药，发发瞄准头部打来。

我们回击："不队冧^③你们我不姓林！"

战火猛烈，我们从矿湖边的游击战打成迷宫小道间的巷战，午后阵雨前轰轰雷鸣降下，祖父的后裔们在镇上相互杀戮。

不下雨的时候，我们蹲在矿湖边吃小叔叔买来的冰棒。家乡里没有所谓夏天，日头炎炎，烧得蝴蝶都在地上匍匐爬行。它们竖起的白色蝶翼，在黄泥地上晶晶发亮。小叔叔喜欢用蝴蝶训练枪法，他远远地瞄准，然后手指一松，啪地把蝶翼打成粉末。男孩子们看了跃跃欲试，纷纷举起枪支乱射一通。

---

① 粤语，粗俗的讲法，意为"还哭什么哭，快追上去，什么都不要留"。
② 粤语，骂人的话，意为"去死吧"。
③ 粤语，粗俗的讲法，意为干掉或打败。

泥地上灰尘飞扬，满是弹孔和鳞片残骸。

我堂姐们惜物，最讨厌我们这样糟蹋生灵。她们抓到蝴蝶后轻轻撕下蝶翼，把蝴蝶复归于幼虫，放生回黄泥地上，把蝶翼揉成鳞鳞碎粉，抹在脸上臂上充作化妆品。如此，举手投足间肌肤焕发微光，我堂姐们闪耀如矿湖中的仙女。

日暮前我们用矿湖水洗去蝶痕泥印，带着满身瘀青回家。

打完一场战下来，夜晚我浑身酸痛，作业写没几个字就猛打瞌睡。但我小叔叔洗完冷水澡后马上就恢复精力。他两下写完作业，还有时间背书给祖父听。有时夜间有客，我祖父就叫他背几句语录和唐诗。祖父起个头，我小叔叔张口就换了副唐山腔调，滔滔往下吟诵。

我祖父一脸得意，客人无不拊掌大赞："不愧是林老的儿子！"他们摩挲他的头顶，用力地拍他的肩膀，要小叔叔好好为国家做点事。小叔叔郑重地点头。

在那些瞌睡连连的夜晚，我时时怀着羡慕看小叔叔背书，我想如果祖父有衣钵，小叔叔一定是最有可能继承衣钵的人。当时每个人都坚信小叔叔会像祖父一样成为伟人，林家的祖上积德，大婆婆老蚌生珠的羞愧没有白费。祖父晚年最珍贵的精液成功化作他最骄傲的复本。

不像我，还有我阿爸。

我阿爸是祖父的长子，在小叔叔还没出生前，我祖父对我爸寄予厚望。但我大婆婆说，我阿爸和我一个样，小时候背书就背得七零八落，一看就不是读书的料子。一般人发现自己不会读书，摸摸鼻子念完小学，学会认字算数就好了，可我爸是伟人的儿子，绝对不能丢祖父的面子。因此我阿爸日夜窝在家中苦读，最后读得身体孱弱背脊弯曲，成绩还是不见起色。就这样，阿爸在学校几乎年年留级，到二十多岁才勉强读完中学。

中学毕业后，阿爸原想随便找个文员工作，混混日子就好。但当年我祖父仍未心死，他深信自己深藏于阿爸体内的优良基因将有一日复苏，为国为家做出点大事来。其时正值国家经济飞腾，四处大兴土木，我祖父思前想后，咬咬牙把房子抵押掉，把阿爸送入私立学院念土木工程。

　　年轻的阿爸第一次离家远赴吉隆坡。离家那天，我祖父起了个大早，亲自到巴刹^①去买来一包炸香蕉。祖父把炸香蕉塞在我阿爸的手里，嘱咐他往后要好好生性^②，天天向上。我阿爸手里握着温热的香蕉，讷讷点头称是。

　　有时我想，当我年轻的阿爸在火车上轰轰出发，暗夜的路灯一格一格地闪入车厢内，吃得满嘴油腻的他是否也意识到这是成为伟人最后的机会？

　　无论如何，在吉隆坡的日子，我阿爸越发用功。吉隆坡的天亮得早，宿舍楼下摊贩们滚着轮子经过发出轻微的震动声，我阿爸就已经爬起身来，吃两片苏打饼一杯美禄，开始一天的功课。阿爸昏天暗地地忙，除了吃饭以外不轻易出门，在吉隆坡那么多年，他依旧衣着老土言语木笃^③，哪里都没有去过。

　　我大婆婆每月下去探望阿爸，每次都带着大瓶鸡精和猪脑汤。

---

① 马来语，原来的拼法是 pasar，意为市场、集市。
② 粤语，意为懂事、听话。
③ 粤语方言，意为木讷。

大婆婆说，喝完它吧，读书那么辛苦要补补脑。阿爸一语不发，他皱着眉头，用意志力一口一口地灌下一整锅的腥臊汤液。

我大婆婆意图以物质的力量，战胜阿爸坚韧的蠢钝的大脑，那是场毫无胜算的战役。倒下去的养分统统消失得无影无踪，我阿爸身形逐日消瘦而科科挂彩，三十岁未到就满头白发。最终是靠着教授同情和祖父请托，阿爸才在三十岁那年毕业。

毕业后，我祖父又忙着为阿爸张罗前路。家里客人来往不断，才刚送走工程公司的董事，后面媒人又送照片来看。折腾数月，我阿爸进了国营的建筑公司，定好一个月后娶我阿妈，一切终于安顿下来。我祖父终于大大松了一口气。

即使走得磕磕绊绊，阿爸的日子还是得要往下过。

我手上还有当时婚礼的全家福，你看，照片上我祖父嘴角带笑抬头昂胸，衬衫袖子下露出半截粗壮手臂，眼神熟练地摄住镜头不放。在祖父身旁的阿爸却气血颓萎，我从来没看过那么样衰的新郎哥，即使穿着宽大的衬衫，还是明显看出他背部拱起而眼神涣散，发际预告往后数代长子的中年秃头。在粗糙颗粒的显影下，我阿爸竟显得比祖父还老。

从我祖父得意的神情来看，当天他必然以为自己在这场持久战里获得了最终的胜利，铁轨都已经铺下去了，就算火车再怎么横冲直撞也走不歪的。不过你也知道，事情当然没有那么顺利，故事必须以灾难和不幸来延续。

下面的故事是这样的，刚开工两个月，新郎哥我阿爸在工地里一时松懈，没戴安全帽就穿过工地，好死不死被四楼掉下的砖块砸到头。

"啪。"

一砸下去，我阿爸入院整整一个月，自此对工地了产生阴影。任凭我祖父和大婆婆好说歹说，他打死也不愿去上班。我阿爸整日抱怨头痛欲裂，大婆婆再次日夜炖煮猪脑鱼生，从那时候起我家厨房一直有种淡淡的腥味。

我祖父将自己自闭于书房内。

慢着，我们不是在说小叔叔吗？怎么说到这里了？

　　啊，快了快了，我小叔叔快到了。说起来也是我阿爸病中的事。因为我祖父终于放弃管束，阿爸得到了出生以来未曾有过的自由。病中无事可做，阿爸的生活只剩两个乐趣，这两件事都会把我们带回正轨。

　　首先，夜间我阿爸无止境地补回新婚夫妇的进度。他们晚上不睡觉，每天睡到大下午才起床。大婆婆看阿爸终日腰酸脚软，心下忧喜交加，嘴上又不好说破，只好加倍努力地埋首于厨房，炖出一盅又一盅的汤。

　　大婆婆和阿爸终于尝到了努力的回报，过没几个月，我阿妈就怀了我。或许是有了先前的经验，祖父对于这个即将来临的长孙没有多作表态，倒是我大婆婆忙得更欢了。她每日清早上市场，回来就蹲在炉子前，排骨、猪脑、鳝鱼、老母鸡源源不绝地送进我阿爸阿妈房里。静止的日子又活络了起来，全家人都努力想要压抑心中太高的期待，蠢蠢欲动的新生却让他们骚动不已。

　　故事如同一切灾祸，一旦开始就一个接一个地来，你挡也挡不住。大婆婆还没从忙碌的快活里享受够，有一天厨房里觉得头昏脑涨，一屁股坐下去，就站不来了。幸好阿爸发现得早，急忙喊了祖父，两人一起把我大婆婆送医院去。医院里我祖父叨叨地责怪大婆婆不懂得照顾身体，骂儿子没卵用拖衰家，直到医生转达惊人的消息。

我大婆婆怀孕了。

十个月后我和小叔叔同时出生，林家的将来找到了两条新出路。

家中两个女人怀孕，我阿爸唯一的乐趣也没了，终日无所事事。正巧我大婆婆孕期间羞于出门，他便自告奋勇地担下了原来的工作。清晨，他拿着大婆婆的清单去买材料，回来就看着大婆婆炖煮药汤，不时帮头帮尾，切蒜头剔脑膜，手艺因而日渐熟练。待我大婆婆肚子日渐胀大而行动不便，我阿爸开始全权负责一家大小的三餐。

我阿爸青出于蓝，所有经过他手上的食材无不一一落在正确的味蕾上。他炖的猪脑汤毫无腥味，清淡中带着滑腻的药香，连祖父都忍不住多吃两碗白饭。

阿爸发现自己眼前的世界前所未有地晶莹剔透。一日他幡然醒悟，自己的才能不在建设国家，而在于庖厨之间。获得"天启"那天，他买回一大摞食谱，夜间挑灯研读，大白天就在厨房里乒乓作响。厨房墙壁上的油污及臊味日益浓厚，阿爸的背弓起如熟练的中年厨妇。

到我大婆婆坐完月子后，阿爸不让她回到厨房帮忙，嫌她碍手碍脚。那时我大婆婆只是觉得好笑，"教识徒弟没师傅。"她说。但我祖父对我父亲的无能却逐渐难以忍受："好好的公司工不做，整天在厨房里像什么样子？"

"也是儿子一番孝心。"

"孝心？林北花那么多钱养出个火头来叫孝心？"祖父在大婆婆面前大声咆哮，我阿爸用力捣碎辣椒以掩盖这些不安的杂音，暗中盘算自己的一番功业：等着吧，我要到吉隆坡去拜师，然后开一家自己的餐馆。

我们还有时间，等着吧。我阿爸这样告诉幼年的我。

两岁，我还未能理解同一种东西为何有三四种叫法，我小叔叔已精灵得学会人语，崭露出同龄小孩所不能及的天才。祖父重新燃起希望，重心渐渐转移到小叔叔身上。

我阿爸知道他久待的时机终于到了。

阿爸再次远赴吉隆坡，拜在学生时代天天去吃饭的烧腊店门下。阿爸师傅的烧腊店在茨厂街里，说是店，其实不过是通巷里用帆布架个遮雨棚，随便摆几张桌子的小摊。摊子黑漆漆的毫不起眼，每到用餐时间却挤满了外带的上班族、学生和家庭主妇。我阿爸年轻时偶然发现排队人潮，好奇之下买了一盒烧鸭饭，谁知道才吃一口便赞叹不已。鸭肉焦红的脆皮带着甜味，底下铺着薄薄的油脂，咬下去满口生香，半丝鸭肉的臭味也无。自此我阿爸成为天天排队的死忠客，吃遍店里卖的每样菜色。

烧腊店师傅是香港来的头手，据说在香港小有名气，后来被重金延聘到吉隆坡的大酒楼去。这个老头手功夫虽然了得，可是烟瘾极大，脾气又臭又硬，没有几年就换了七八个老板，把吉隆坡所有酒楼经理都得罪光了。老头手不甘心这样灰溜溜地回港，一气之下跑到茨厂街里来，自己开档去。

头手老奸巨猾，摊子前长年用红纸贴着"招聘学徒"的告示，用意不过是要找免费的劳工，绝不肯外泄半点私房绝技。许多慕名而来的学徒跟着他从早忙到晚，挨打挨骂当跑腿，却什么屁都学不到，做没半年就纷纷走散。最后只剩下我阿爸。阿爸重振他作为伟人之后的坚强意志，他像跟屁虫一样在头手背后偷看偷学，看老头手如何以针桩插破氽烫后的五花肉皮，暗中默记他调制腌盐的成分与比例，练习扎结烧鸭封口的针法……

如此忍辱负重过了三年，阿爸尽得其真传。

烧腊摊妨碍巷子通行，又没有营业执照，虽然老头手已经花钱打点好，但风头紧的时候还是难免被取缔。一日警察再次过来赶人封店，他们把桌椅碗盘搬上卡车，却对一个两米高的不锈钢烧腊炉一筹莫展。那是烧腊生意必备的家伙，只有那么大的炉子才能悬挂起整块的猪肉和腌鸭，让热力均匀施加于其上。高大的炉子被火熏得漆黑，里面的水槽浮着猪鸭鸡肉在烧烤间流出的油脂。

老头手抽着烟，似笑非笑地看着三个警察拉动大炉子，炉脚在水泥地上刮过，油水从旁边流得满地都是。我阿爸看了心里不舒服，忍不住想上前阻止。

"算了，不要得罪马打 [①]。"老头手说。

"炉子会坏的。"

"坏了就坏了，大不了就退休不做。"

"你要退休？"

老头手耸肩，不置可否。

我阿爸伟人的直觉闪现，多年来隐伏在他体内的决策力瞬间复苏："那不如你开个价，把店头顶给我吧？"

老头手直勾勾地盯着他看。

"你要的话，就给你吧。"老头手弹弹烟灰，"不过也没剩什么值钱的。"

我阿爸指着炉子："我要那个。"

接着他冲上前去，对气喘吁吁的警员大呼小叫。

我阿爸终于有了自己的衣钵可以继承。考虑到吉隆坡店面租金太贵，又要顾及原来的客源，我阿爸最后决定回到熟悉的通巷里做

---

① 马来语，原来的拼法是 Mata，意为警员。

生意。摊子的客人因为老头手不在而流失了不少，好在城市里人口流动率本来就高，旧客人们很快就忘了老头手，我阿爸也渐渐累积了自己的新客人。

那段黑甜日子我阿爸忙得昏天暗地，难得回老家，也总是倒头呼呼大睡，不然就在厨房里练新菜式，极少跟家里人说话。祖父经过厨房时经常冷言讽刺，我阿妈躁郁症发作时也常质问阿爸是不是在吉隆坡包二奶，我阿爸却一言不答。

阿爸沉默地面对这一切，坚忍不拔地建筑自己预先画好的蓝图。

我十三岁那年，祖父过世，我阿爸的梦想终于完成了。他拿着祖父留下的遗产，成功在茨厂街里顶下一家店铺，楼下是餐馆，楼上就是我们的新家。阿爸功业初成，服丧期间仍掩盖不住满脸喜色。待百日一过，阿爸带着我们一家搬到吉隆坡，把我转到尊孔独中去上学，从此我和小叔叔就几乎没见过面了。

不能怪我寡情，问题主要出在小叔叔身上。在祖父过世之后，小叔叔日渐消沉，每天把自己关在祖父的书房里不出门。小叔叔把祖父的书一本接一本地看，剪报一本接一本地读，后来看久就傻了，连学校也不太去。家里人怎么劝小叔叔他都不搭话，大婆婆只好跑到祖父刚建好的坟头用力踹墓碑：

"种番薯你个老不死的，自己带赛①就好了，不要拖我儿子陪葬！"

我阿爸拉着大婆婆劝说："小弟爱读书，你就让他去吧，我们家也好多出个大学生。"

我阿爸相信，这是所有少年伟人必然要经历的特异阶段。不管是我还是阿爸，我们都没有机缘走这段路，阿爸为此感叹不已，果然在祖父众多子孙里面，只有小叔叔最有乃父之风。

因此在小叔叔消失那年，我阿爸一点都不担心。

小叔叔是在十五岁那年离开的吧？他在深夜里静悄悄地消失了，离开的时候除了衣服和厨房里的干粮，什么也没有带走。我们在发现满布灰尘的侧门把手上有凌乱的掌纹，门槛上的苔藓被刮出一道白痕。

---

① 台语，带衰，意为倒霉。

我们打开侧门，发现后山的小径已被野草吞噬，树根蔓藤遍布。

祖父的书桌上只留下一张字条，上面写着："为国家做点事。"

大婆婆哭得撕心裂肺。

再次收到小叔叔的消息，是在他消失几个月后。

那天大婆婆买菜回家，发现门前摆着一个大箱子。箱子里放着一只全身雪白的幼犬，连眼睛都尚未睁开，稀疏毛发下隐隐露出粉红肌肤。装狗的盒子留下一张印着泰国风景的明信片，背后飞扬地写着："一切安好，勿念。"

即使是不识字的大婆婆，也马上认出那是小叔叔的字迹。

幼犬在小盒子里嗷嗷蠕动，我大婆婆听一次哭一次。"阿国啊，阿国啊"，我爸收到消息回家的时候，我大婆婆只能哽咽地重复小叔叔的名字。深知道这样折腾下去人犬都不是办法，我阿爸只好将白犬带回吉隆坡的家。

我们期待小叔叔却出现了白犬，白犬就是这样来到我们家里的。

因为楼下就是店铺，我阿爸怕卫生官员来闹事，不允许我把小犬带进室内。白犬怕生，来我们家的第一个晚上焦躁不安，在夜间频频低鸣如婴儿哭泣。我坐在新家刚漆好的铁栏边，隔着门槛轻轻抚摩它发抖的身躯。我指尖穿过冰冷的铁门，在小犬初生的细毛间爬梳，感到前所未有的温暖。

良久，白犬蜷缩身子渐渐入睡。

在吉隆坡光芒偌大的深夜，小犬的幼毛微微反射着光。还好有白犬。我那时才刚转到新的学校不久，功课繁重，我失去了小叔叔的帮忙，只好自立自强，每日提早到班上去抄同学的作业。天都还没亮，少年时期的我就换了一身全白制服，还是只小狗的白犬跟在我身旁，一人一犬两道白浊身影，穿过吉隆坡的黑幽街道。

有时在路上我会想念小叔叔，偶尔也想起祖父。

幸好还有白犬。我和白犬，一起活在祖父不在的世界里。

白犬是我们家最受宠爱的亲人，我阿爸讲求公平，家里吃什么都会平分它一份。白犬饭量极大，店里卖不完的食物我们倒在碗里，没三两下它就全部吃完，转头又紧贴着人的脚边鸣叫。有时我在回家路上偷偷买冰激凌，也会记得留一点给白犬尝尝味道，他舔着嘴唇，很满意的样子。

白犬迅速地吞食它能吃的东西，没一会身形急剧变大，几个月就长成一风骚母狗。终日饱食让它比附近任何一只母犬还来得丰腴圆满，公狗们走水，挺着出鞘的通红龟头群聚在我家店铺前。

"啊，是母的？"我阿爸匮乏的童年让他误以为白犬胯下的条状物是发育不完整的阴茎，如今他后悔不迭。阿爸嫌母犬麻烦，想要把她载到郊外丢掉算了。我抱着白犬哭哭啼啼地闹，说找天带去结扎就好，钱从我零用里出。

我哭得语不成调，鼻涕眼泪流满白犬身上，白犬犹天真地舔舔我的手指。

我爸喃喃地说："你这样像什么样子？"

在我存钱的时候，门前的野狗越来越多了。

犬群在艳阳下彼此殴斗，自相残杀，最强壮的胜利者围着白犬的屁股打转，急切地想要趴到她身上去。但我白犬不愧是名门之后，她坚贞不移，每每在关键时刻轻松挣脱瘦弱野犬的胯下，还转过头来反咬对方一口。我白犬似乎有着天生的奇异禀赋，虽然经常要面对公犬们的性骚扰，然而白犬并不与这些凡夫俗犬疏远，相反，它自在地出入于野狗群间，运用自身的魅力死死地制住群犬。

当时我正值青春期，被门前的暧昧氛围闹得心慌意乱。我试着带白犬到远一点的地方散步，想要脱离群犬的纠缠。可是不管走到哪里，只要是白犬散步所经之地，背后总是跟着大批跃跃欲试的野犬，令我烦不胜烦。

一日我猛然发现，白犬已经成了众狗的头领，又因为白犬总是跟着我，我是茨厂街群犬的统帅，走到哪都领着十来只亢奋莫名的公狗。清晨，我们像军队一样穿过茨厂街的巷弄，群狗在我后面翻腾嚎叫，它们露出尖锐齿爪，追逼路边的肥大老鼠，吓走在远处观望的外劳。白犬紧贴着我，我感受到前所未有的热力在体内噼啪作响，我知道只要我一声令下，路边那些旁观者生命的脉搏会随之停止。

等等，我们是怎么跑到这里的？你原来想叫我讲的是哪件事？

我祖父吗？他的事情我已经不太清楚了，小叔叔被关进去后，我也很少去看他，这些过去的事情我都没办法说什么。

你也不能怪我，故事不都是这样的吗？

故事总要开始，却跌跌撞撞磕磕绊绊不知该到哪里结束。

不过如果你想听的话，下面当然还有啊，我可以跟你说我记得最清楚的结局。

白犬和它的军队被消灭的时候，我还在学校里为初中统考补习。那时，白犬带领犬群在茨厂街各家餐厅小摊旁吃饱喝足，顺便把还没吃够苦头的几只公狗打趴下，大伙懒洋洋地躲在巷内睡午觉。

我阿爸在店门前烧烤晚上要卖的烧腊，大火在炉子里轰轰作响，掩盖了车子的闹声，炉子里溢出的肉香甜丝丝地充满了群犬湿润的鼻子。

野犬们安逸的日子过太久，竟忘了捕狗队的气息。

五个接到投诉已久的捕狗队员拿着架子和钩索，他们封住街道，将惊醒的野犬们驱赶到穷巷里去。野犬们惊慌失措，一一被套住脖子，挣扎着被塞到麻袋里。只有我白犬迸发肾上腺素，它闪过重重索套，突破包围拚命往店里跑。

白犬四腿间的肌肉灵巧弹跳，像云一样飞快地飘过街道。我阿爸从大炉子里抬起头，吃惊地看到白犬身后跟着两部摩托车，两个高大的男人用索套试图勾住白犬。"等等！"我爸刚要这样喊，捕狗队员却刚好追上，狠狠地在白犬后脚上敲了一记。

白犬吃痛往前跳，一跃撞上敞开的红火炉子中。

"啪。"

炉子被撞断了一只脚，发出十分清脆的声响。接着整个火炉倾斜倒地，地面腾地冒起一丛红火，炉子里的油水溃堤流窜，引导着大火向四面蔓延。大火吞吃桌椅、黑色套索、穿制服的捕狗队员、非法外劳用油布搭起的棚架、盗版名牌包包、走过百年华教历史的老学校、白色外墙里面有着层层铁路的火车站，刚好因为火车晚点而赶上灾难的长途火车上的三百二十名乘客……

油火烈烈作响，旋即将整个吉隆坡吞噬，往上蔓延到雪兰莪的工业区，引发几场恢弘的爆炸，一瞬壮大成人，神采奕奕地向左转入彭亨州的雨林，缓慢吸食数千年的绿荫，舒坦地释放出盘桓百年的烟霾，然后往下，伸展脚板踩到马六甲，把诸多无法磨灭的老古迹一并收拾为焦土。吞噬万物的红火勃起肌肉，过去的一切都过去了，这里的人从未见过如此巨大饥饿的火焰。

从云层下看，马来半岛是一朵巨大的红花。

巴

黎

大学时代的我晚上睡在租回来的套房里，梦见了外祖父。他来找我父亲但父亲不在，于是他走进我们家里，坐在我们家的客厅等。家里的管教很严，外祖父来的时候我们被迫放下所有的事，也在客厅里陪着外祖父有一搭没一搭地聊。

　　说话的时候我留意到外祖父正在焦躁地抖脚，眼睛频频望向屋外。我想他是想抽烟了，外祖父烟瘾很大，我很少看见他能安坐那么长时间而不开始掏出烟来。果然，没过多久他就把手摸向自己胸前的口袋，掏出红色的烟盒。他轻巧地敲出一根烟，就在客厅里点起火来抽。

点起烟来的外祖父抖脚的频率渐渐放缓，我妈妈的眉头却越扭越紧。烟灰落在客厅地板上，烟雾攀升到客厅的屋顶上，在我们头上缓缓盘旋不去。然而我们家族的管教很严，阿妈从小就怕她的父亲，因此她任凭外祖父在客厅里抽烟而不敢说什么。于是我、我阿妈和我妹妹三个晚辈围绕在外祖父身边看他呼哧呼哧地吐着烟，辣辣的白烟充满了我们的房子，也充满了我、我阿妈和我妹妹的体腔。

开始抽烟的外祖父变得安宁而和蔼，脸上的皱纹忽地散开抚平。他忽然想起要问我今年多大了。我说我二十岁了。祖父说，时间过得真快，哥哥也那么大了吗？然后他再次从口袋里掏出红色的烟盒，从里面敲出一根烟，点起来，把燃烧中的烟递给我。

我说我不会抽，外祖父皱眉，说连烟都不会抽像什么男人。我只好接过来，面有难色地望向我阿妈。阿妈开口以微弱的声音说，爸你不要。但外祖父挥挥手打断了她，"女人家不要啊吱啊咗①！"外祖父带着期待且鼓励的神色望向我，我只好把烟凑向嘴边。

---

① 粤语，意为啰哩啰嗦。

烟头的火头燃出刺鼻的烟，我用嘴唇含住滤嘴，试探地缓缓地吸了一口。

"哥哥先不要吐出来，"外祖父说，"吞下去等一下，从鼻子出来。"

我照着外祖父的话做，我感觉到烟在我的喉头和鼻子间热辣辣地翻动搔刮，我有强烈的想咳嗽的欲望，然而我知道我不能在外祖父面前难看。于是我镇压身体所有的叛变与不安，顺利地让烟从鼻子里滑出来。

外祖父看着我吐出人生的第一口烟，他满意地笑了。"对嘛，对嘛，多几次就习惯了。"然后他马上就对我失去了兴趣，他站起身来，环视他一手监工建造的我们家客厅。是的，我们的房子是由外祖父亲手建起来的，因此有时他似乎觉得这是他的而不是我们的客厅，他用检查而不是参观的眼神来看我们家的客厅。

作为资深的师傅，外祖父很快就在烟雾缭绕间发现我们屋顶有一小块发黄的痕迹。他说怎么会这样？我说不知道，你说了我们才看到上面有黄印的。外祖父说怕是漏水了吧。当他们谈论有关建筑与病害的事，我因为刚刚吸下的第一口烟而觉得头昏，胸口闷闷的是被堵住了呼吸的管道。我不敢再吸第二口，为了不让外祖父发现异样，也不敢低头去看指间的烟，只任凭它慢慢地燃烧。

　　等到我意识到温度不对劲的时候，外祖父喊了起来："哥哥你的烟！"我低头，看见烟从屁股处烧了起来，冒出大量的灰色烟雾。当时我还未意识到这是梦境，慌乱间我担心外祖父的责难而迅速将烟屁股含在嘴里，用力吸了一大口，却因为用力过猛而把一口烧焦的烟草吃进嘴里。我说了，当时我不知道这原来是梦。

　　发生在我指尖的小小的火灾结束，外祖父笑着叫好。我努力装作不在意的样子，但含着一口苦涩的烟草不知道应不应该吐掉，烟草在喉头里再次激起咳嗽的冲动，我努力地动员起所有器官的肌肉来压制它。绝对不能咳嗽，绝对不能吐出来，绝对不能在我外祖父和幼年的妹妹面前难看。

　　大概到这里的时候梦醒。

　　怎么了吗？睡在我身旁的女友问我。

我说，做梦。

为什么是外祖父呢？我对自己的梦境感到疑惑。我和外祖父见面的次数少之又少，尤其在他因为临老入花丛而与外祖母离婚，与所有的儿女反目成仇之后。上一次见面是几年前的农历新年，外祖父主动打电话到我家，他说大陆来的承包商告诉他台湾有种"阿里山烟"很好抽，他想起自己有个在台湾念书的外孙，问我有没有办法帮他带回一条。

家里嘱咐我一定要买回去："老人家想看我们又拉不下面子，你就帮帮忙，成全他。"

于是我到超市和便利商店去问，但没有人听过这个牌子，"阿里山吗？"店员们犹豫不决的，上下扫视烟柜。最后是有在抽烟的同乡的朋友告诉我，这个是专门卖给大陆人的烟，只有桃园机场买得到。

要飞回家那天我特意提早出门，幸运地在机场第一家免税店买到了。烟盒太大我塞不进背包，于是我提着透明塑料袋里面华丽的盒子走，觉得每个人都在看我，我觉得不自在，但我也没办法，总不能跟他们解释这不是我的，这是我为了要探访临老入花丛而与外祖母离婚，与所有的儿女反目成仇之后的外祖父而买回来的手信。

最后我坐在星巴克，拿出背包里的外套将烟盒包起来，带着回到马来西亚的家里。

大年初三，我们一家人带着阿里山烟去看外祖父。

外祖父住的房子在乡下，三层楼高，有很大的宅院和许多的房间，全是他一手建起来的。母亲的家族子嗣众多，外祖父的房子永远都很热闹，小时候过年，全族的人都回来这里吃团圆饭。住得远的人晚上留下来过夜（反正房间有的是），大人彻夜喝酒赌博，小孩放烟火和鞭炮，就这样闹到第二天早上，外祖母开车买回来几十份早餐。

直到外祖父离婚后，外祖母在不同儿孙家之间流浪，大家也就很少回来了。

在偌大的庭院里，外祖父穿着白色背心，为我们拉开铁门。

见到我们送的烟，外祖父兴致高昂。他先是把玩蓝色的烟盒子，然后熟练地撕开封条，打开盒盖子拿出一包烟，然后再次撕开封条，打开盒盖子抽出一根烟，眯眼观察滤嘴上的金黄色纹路。"台湾东西做得真是精致，"我外祖父说，"这个买多少钱？阿公还你。"

大人帮着我推辞一番，跟小孩子计较什么，也是一点孝心。外祖父呵呵笑几声，就没有再提钱的事。

我外祖父烟抽得很凶，我们看着他一根接着一根不停地抽，呼噜呼噜地喷出浓厚的烟团。随意问了我们几句近况后（哥哥还没毕业吗？还有几年要念？），他开始抱怨从未来探望过他的外祖母，还有那群吃里爬外的子女："等我死了，一分钱也不留给他们！"说到激动处，外祖父夹着烟在空中比画，烟灰抖落在地板上。我看见客厅地板上铺着一层薄薄的烟灰，大概是很久没有扫了。

"当初不是我赚那么多钱给他们花，他们现在可以个个住大楼开大车？"从这一块跳板，外祖父跃入他年轻的显赫事迹。总算开始了，我看见我父亲调整坐姿，为漫长的抗战做准备。

外祖父反复说相同的故事，细节当然多少会有一些戏剧性的改编与差异，不过骨干基本上是一样的。故事的开头总是这样，我年轻的外祖父没有机会读书，十几岁就在工地工作，然而他因为心灵手巧，很快就从学徒升到师傅，再来就自己当领班到处去接生意。在他开始独当一面的日子刚好遇上经济起飞，到处都在盖房子，凭着手艺，外祖父让一沓沓的现钞不断涌进家里，再流水般地花掉，至今仍不清楚自己赚了多少。

阿妈告诉我，小时候他们儿女辈吃穿用度全都是最贵的，上私立的英文学校、每科都请个别的补习老师，最后还花大笔钱把舅舅送到伦敦去留学。"不过嘴巴说是为了我们，其实你阿公为的只是自己的面子。"母亲只赶上那段风光日子的末端，因此她经常愤愤记忆起小时候外祖父的缺席。

外祖父永远不在家，他每个晚上都在外面鬼混，大宴宾客、买最时新的车子、光明正大地玩女人，连母亲出生的时候都忘了要回去。也因为男子气概的缘故，即使遇到故意拖欠工资的老板，外祖父也不愿意拉下面子去争，宁愿自己掏荷包发薪资给下面的人。

后来经济成长放缓，加上便宜的外劳大量涌入取代本地工人，外祖父的全副家业一下子全部掏空，风吹鸡蛋壳，财散人安乐。但外祖父虽然钱没有了，面子还是放不下。出去外面吃饭遇到认识的人，外祖父不管众人的暗示，硬是要请客。年轻的女人玩不起了，外祖父就玩年纪比较大的。几年后老婆和儿女终于受不了，外祖母在儿女家轮流住，见到人就抱怨自己命运不幸，以及外祖父理应分给她而她不跟他计较的家产。

最后只有外祖父留在原来的大房子里。这是他早年基业唯一剩下的东西，他在里面爱干嘛就干嘛，再也没人管他。"说到房子……阿金，你做生意有没有认识的人想要买房？"外祖父又敲出一根烟，点燃，然后他在烟雾后装作轻描淡写地对我父亲说。

"怎么了？爸你要把房子卖掉？"

"问问而已，我有算过，这栋至少可以卖个一百万跑不掉，这边的房仲①看我年纪大想骗我，一直压我价，我说我自己去找！卖个一百万我放银行，够我们养老用了。"

新燃起的火星从烟上滑落，父亲赔笑，尝试把话题拉向别处，

————————

① 即房产中介。

但外祖父仍执着地盘旋在和房子有关的话题上。他说起他的房子，我们家的房子，以及当年他帮各州皇宫解决的工程难题。一栋房子生出更多的房子，外祖父和他房子的话题如同烟雾弥漫四处，我们一句话也插不进去，并且因为长久的沉默而感到窒息。

等到天色逐渐变暗，我妹妹忍不住尿急去了趟厕所，我爸趁机说："阿爸，等妹妹回来，我们去吃晚饭吧。"

外祖父说他知道附近有家酒家功夫不错。离开前，他又从盒子里抽出了一包新的烟。

妹妹悄悄地告诉我，她在厕所碰见一个中年妇人，慌张地躲进房里。

我们在外祖父说的附近的酒家吃饭，过年期间人很多，但外祖父仗着和经理关系好，出发前就打电话去为我们留了一张桌子。经理特意过来为我们点菜，外祖父作势要请客，说你们爱吃什么随便点。父亲阻止了他，他说爸爸你过年难得跟我们吃饭，哪有跟我们小辈争账单的道理？

"唉，真拿这些小的没办法。"外祖父对经理苦笑，然后舔舔嘴唇："那既然那么高兴，阿金我们就喝一点吧！"我父亲说不要了吧，我还要开车载小孩不能喝，但外祖父还是点了。

他一开始是小小地啜饮，后来越喝越快，一口就干掉一杯，脸上的每道皱纹都焕发出红润之光。

"爸你不要喝了。"我父亲劝阻他。"没事，没事！"外祖父甩开父亲的手，瘦弱的手臂里还维持着年轻的力道。他从口袋里掏出烟盒，再敲出了一根烟，不顾我们的阻挡而颤抖着手指把它点着。燃起的白烟惊动了经理，"发哥，现在这里已经不能吸烟了。"他过来赔笑着说。"就抽一根，不要紧。"

经理面有难色，旁边的客人偷偷地望向我们，我们不知所措地看着外祖父。然而外祖父浑然不觉，他依旧安逸地靠在椅背上。他炫技般吐出烟圈，烟圈费尽力气地向上爬升，散开。他的酒气红到脖子根处，一根烟抽完后眼睛已经睁不开了。

我外祖父，我外祖父他接着摇晃着坐起身来，对着我妹妹瞪大眼睛："妹妹，爸爸那么多孩子里面还是你最孝顺，不枉费爸爸那么疼你。"外祖父布满血丝的眼睛里溢满泪水，我母亲和妹妹都紧绷着身子，不知道该如何应对。

"爸爸跟你说一个从来没有说过给别人听的秘密，你……"一边说着话，外祖父又从烟盒里敲出了第二根烟。大家正要开口阻止他的时候，外祖父忽然从倚靠的椅子上斜斜地滑落，像死肉一般倒在铺着红色地毯的地板上。

我和父亲两个人架起外祖父，开车送他回家。

回去的路上我扶着外祖父瘫软的身体，他温热松弛的皮肤贴着我，他身上的烟味沾染我的衣服。醉意朦胧间，外祖父仍呻吟着说乱七八糟的话，他问我有没有交女朋友。我说没有呢阿公，现在没有女朋友。

外祖父于是说起他的初恋，他说他到过巴黎。

你知道巴黎吧？番文叫PARIS，全世界最浪漫的地方就是叫巴黎。

当年，他说，当年你阿公我因为完成柔佛皇室别墅那件案子而一举成名，英国人请我到欧洲接工程。没有飞机可以搭，坐了一个多月的船，在英国的工作完了又去了巴黎。我一个乡下人一句番文都不会，靠着比手画脚，我搭船穿越英吉利海峡登陆法国，然后搭火车到巴黎。

到巴黎的时候吓一跳，那么出名的大城市，整个乱七八糟好像还在打仗一样。房子很旧，墙壁上面全部都是涂鸦，路上堆满砖头、坏掉的路牌和铁条，这里一堆那里一堆，连车都没办法开。街上很多年轻鬼佬四处乱晃，他们看我是华人，一直过来跟我说话，围着我叽里咕噜地讲。阿公听不懂番文，只能一直跟他们笑。

外祖父说话的时候吐出浓烈的酒气和烟味，车厢里的空气不流通，我憋气不敢呼吸。

然后啊，我外祖父说，然后那天晚上我睡到一半被吵醒，发现到处都是红色的火光，照顾我的小洋鬼子跑不见了。我到路边去看，看到马路上出现很多黑色衣服的警察，他们带着白色的棍子见人就打，每个人都在鬼吼鬼叫，把路面敲烂，拿石头砖块丢回去。人家给我吃给我穿给我睡，现在遇到麻烦我们当然要讲义气。我拿了一块大砖头，呼一声对准一个警察的头丢过去，打到那个扑街冚家铲直接扑在地上。哈哈哈哈，全部人都为我欢呼，几爽你知道吗？哈哈哈哈。

结果没有爽多久，他妈那些警察拿出大管枪，射出一筒一筒的催泪弹，里面一直跑出来蓝色的，白色的烟。那些烟一吸进去就咳嗽个不停。很浓很浓的烟，我一直想哭，真的顶不顺，年轻鬼佬拉我，我跟着他们躲进屋子里面去。

外祖父开始呜咽起来，我稍微把他身体推开，怕从他体内流出的液体会蹭到我衣服上。

那天晚上，那天晚上有个中年阿伯来探望我们，披着围巾戴眼镜，读书人的样子。我猜是个名人，他一来大家就把我推过去跟他握手，他双手握住我的手掌，对着我说了一大串话，很激动的样子。

可是我一个字都听没有啊，我只好问他，他笑着摇摇头，说：

"萨德。"

"你刚刚说萨特？"我忽然意识到这些醉话有点不对劲。

坐在副驾驶的母亲说："哥哥你不要跟他闹。"

萨德。萨特。都差不多啦。那个男人来讲了很多话，大家都很激动，很多人都往我这里的房子靠来。早上请我抽烟的法国妹也来了，她握着我的手对着我哭，我也不知道怎么说他们的话，只好轻轻拍她的背安慰她。哭了很久，她从口袋里拿出两根烟，一根给自己抽一根给我。那些法国烟的味道很不一样，我抽过后回来抽什么牌子都不对味，抽多少都不过瘾，不知道是不是有掺了什么料。女人也是，阿公见过那么多女人，怎么看还是觉得法国的女人最漂亮，不信阿公给你看，阿公给你，给你看阿公以前女朋友的照片。

我外祖父哆嗦着把手伸向裤子的口袋，手肘撞到坐在隔壁的妹妹，妹妹把半个身子都贴在车门上，小心翼翼地不敢和外祖父有任何接触。等外祖父终于拿出手机，他点开桌布递给我看。

照片上的女人穿着黑色的礼服，手里夹着长柄烟斗。奥黛丽·赫本，蒂凡尼的早餐，在台湾巷弄间的意大利面馆和廉价咖啡厅经常会贴的那张。

很漂亮吧？等房子卖掉阿公就再去一次巴黎再去找她抽巴黎的烟……

我们把外祖父送到大宅里，按门铃请他女友出来照顾他。下车的时候外祖父大喊："啊丢戴高乐！啊丢戴高乐！"外祖父的女友满脸通红，说这个人怎么每次都这样。

回家的路上我问我母亲，外祖父是真的到过巴黎吗？

"不要听他的肖话①，谁会找他去巴黎？有人找他去巴厘岛就不错了。"一整天沉默不语的母亲说，"不要学你阿公的样子，听到没有？你敢抽烟我就打断你的腿，哥哥你听到没有？"

我当然是听到了，我们从小到大都是教养良好且听话的。家道

---

① 台语，意为胡说八道。

中落的母亲嫁给我平庸的父亲，几年后生下了我，严格地教养着直到考上大学。母亲原来是希望我考上欧美的学校，但我的成绩申请不了奖学金，家里也不可能有钱支付我的学费，只好退而求其次地到了台湾。

说实话，我很喜欢在台湾的生活，山高皇帝远，只要成绩过得去的话母亲管不了我。我小小地说谎，骗她说抽不到学校的宿舍，租了自己的小套房和女友同居在一起。女友是大学认识的学妹，父母亲都是中学老师，因此同样有着很好的教养。我们在同居的套房里温习功课，不过分地做爱，非常偶尔才会两个人分一罐地喝啤酒。除此之外没有做过什么过火的事，日子过得安逸简单，定期地运动并均衡地注意饮食。

我一直是安守本分的人啊。

梦见外祖父的那天，我意识到有些事似乎不对劲。我无法说出那种感觉，整天有口吐不出的气郁结在胸口，压迫我的心跳和骨骼。好像是严重过敏的症状，有时会控制不住地流鼻水、有时毫无原因地流泪。发作的时候视线模糊，我努力想要抓住一些具体的印象，但世界缥缈发散如同烟雾。

这到底是怎么回事？我听过那些关于预言的梦境的故事，也想过要打回家问问外祖父的近况。但因为和外祖父实在不熟，如果和家人说是因为一场莫名其妙的梦而担心的话，感觉实在很丢脸。况且若外祖父发生什么大事，也等不到我打回家，家里人就会马上通知我吧。

什么都没办法做，我意识到我只能回应外祖父在梦中的邀请。

为了不在便利商店里哑口无言，我先在网络上查烟的名称和品牌。我在众多的名字和图片间眼花缭乱，香烟原来有那么多种类，这世上每天有那么多的人把无法捉摸的事物塞入体内。我缓慢地滑着手机上的图片，一一仔细辨识，最后终于认出了梦里外祖父的香烟。

图片旁的叙述说这是"红色登喜路"，英国厂牌，在马来西亚和台湾都有销售。我把俗称和烟盒的样子记在脑里，这就是盘踞于外祖父体内的事物。

为了不让女友担心（我总不能告诉她这些蠢事），我告诉她自己最近身材好像走样了，想要去河堤公园跑跑步，让她先睡。她说好。

我换上白色排汗衫，骑着脚踏车到便利商店去买烟。

店里灯光明亮，我随手拿了一听可乐走向柜台，故作轻松地说再给我一包红当。我的喉咙因为初次发出陌生的音节而生涩，听起来非常遥远。

"一包什么？"店员没听清楚。

"Dunhill。"我说，"红色的那种。"

我买到了烟，到夜里的河堤公园旁边，却不知道这里抽烟合不合法。当时河堤的跑道正在施工，到处都是坑洞，还有一摞一摞的砖块和水泥，没什么人。我骑着脚踏车绕了几圈，最后在一个路灯照不见的角落看见一只石凳，旁边弹满了烟蒂。那这里应该是可以的吧？

我坐在石凳上，打开手机的手电筒夹在大腿间，就着灯光拆掉外面的塑胶包装。烟盒非常简洁，除了商标之外没有太多的装饰。我细细地观察，抚摩红盒子上微凸的条状纹路。上面的警语写着："吸烟会导致性功能障碍。"是这样吗？我想，外祖父的状况看来倒还好。

还是说，那些吸入的导致阳痿的病变的物质已经残留在我的血液里了？

　　想要打开盒子的时候才发现封口很紧，用指甲抠了半天还打不开，后来才发现要用按的把盒子压出裂口。我打开盒子，看见三排烟在盒子里饱满排列。我学着外祖父的样子，以求签的方式轻轻敲出了第一根烟，含在嘴上。

　　这时候我才发现自己忘了带打火机，虽然知道没有人看见，然而我笨拙地

　　叼着一根未点燃的烟的样子，还是让我的脸颊发烫。我把烟吐出来，小心地塞回盒子里去，我骑着脚踏车回到便利商店，还是同一个店员，我跟他说我要买打火机。他的耳朵似乎不是太好，他问我："打什么？"

　　"打火机。"我慢慢地重述一次。

　　"赖打 ① 吗？"

　　"对，赖打。"

　　五月刚过，天气已经开始热起来了。买好打火机后我全身是汗，

────────────────

① 打火机（lài-tah），源于日语ライター（raitaa）。

实在懒得再骑回去河堤，因此决定回租屋处的顶楼去抽。

再次敲出香烟时手势已经稍微熟练。我选出那根滤嘴上有浅浅的口水印子的烟，用赖打点燃烟头。顶楼的风很大，燃起的白烟迅速消散，我努力护着不让火苗熄灭。

凑上前去吸了一口。

接着缓缓地吐出来。

我静静地等待，并没有发现任何异样。是因为时间不够长吗？我试着吸得更深一点。有点蠢地想起烟真的是气体，在嘴里没有触觉，我连有没有吸到都不确定。于是我停下来寻找网络上的教学，依照网友的提示，我再一次，将烟吸完后用鼻孔呼吸到肺里，缓缓吐出。

喉头辣辣的刺激，然而除此之外什么都没有。没有快感也没有不适，更没有我原来隐约的、盼望着的、某种和外祖父相关的神秘联系。就这样吗？我心想。回到房间里，我找出一个吃完的麦当劳纸袋，小心地包住烟盒，再一起丢进垃圾袋里。然后我比平时更用心地耗费时间刷洗我的身体，洗澡的时候我用双倍的沐浴乳，刷牙后仔细地用了女友的漱口水。顺便也洗了刚刚穿的衣服，如果明天女友问起的话，就说是因为跑步流太多汗才洗的。

所有痕迹都消除妥当。我熄灯，安心地躺回安稳沉睡的女友身边。

快睡着前我忽然闻到淡淡的烟味，上下找了一阵，发现气味来自我的手指。看来暂时是洗不掉了，夜已经很深了，还是明天再说吧。我把手指放在鼻尖，吸着上面残存的烟味，那晚我缓缓梦见烟雾缭绕的巴厘岛。

Godzilla 与小镇的婚丧嫁娶

1.

那时候我才六岁，小镇日夜都泛着迷蒙的光。

跟附近山上的几个小镇比起来，我家乡 R 镇离吉隆坡算很近了。开车走旧路的话大概要一个小时，如果走新开的高速公路，那只要半小时出头就可以看到双峰塔。不会开车也没关系，镇上的火车头是南下吉隆坡线的第一站，每半个小时就有一班车。如果火车不误点，一个小时就可以到吉隆坡总站。

我婆婆说，当初铁路局派人来我们镇上建火车头，本来是要把火车一直开到后山芭里去，带旺这一带几个乡镇的。那时铁路局收了四会人住的一整条街，全部拆成平地，一天十几辆罗里进出小镇，花了一整年才建好这座火车头。

那之后，铁路就这样停在我们镇上，从此再也没有动过半步。

镇上没有人知道为什么火车路不继续往前开，应该说，也没有人想知道。日常的生活和工作让小镇人永远面露疲态，尤其在火车头开始通车之后，附近山芭甘榜里的人要到吉隆坡都会先来我们镇上。一到假日，火车头前的大街满满都是外地人。他们大包小包地在火车头和旧街场之间乱窜，街场上的每一家店都挤满来客，从街头的卖鸡饭到街尾开当铺的大老板，个个忙得心浮气躁。

那时候，小镇永远都热气腾腾。白日里太阳灼烧着锌板屋顶，转角杂货店的伙计身上流着大滴大滴的汗水，他摇摇晃晃地走着，最后把货物"啪"一声丢在巴刹的地板上，上面印着一大片的汗渍。

巴刹的地板湿漉漉的臭水，鸡在被割喉前拉了一摊屎、椰肉被机器转轮刨成丝、发酸的菜味、鱼腥味、顾客伙计老板身上的汗水味，诡异地混成氤郁之气。艳阳曝晒，它缓缓发散于整个小镇之中，在呼吸间充满了小镇人的身体。

旧街场的巴刹，是我小时候最熟悉的地方。从我五岁开始，婆婆每天一早都会带着我去巴刹买菜。巴刹里每个人都认识婆婆，所以我们走到哪里都会有人跟婆婆打招呼，然后摸摸我的头，问我有没有乖乖读书。

只要一有人搭话，我婆婆就笑吟吟地停下脚步，跟对方东拉西扯地聊个几句。等他们聊完我们往前走几步，又会听见有人叫："金姐早晨啊！带孙子出来买菜？"婆婆只好又停下脚步，跟人打声招呼。如此，不过两条街的小巴刹，我们每天要走上一个多小时。

其实不止是巴刹，几乎整个小镇的人都认识我婆婆，不管走到哪里都有人跟她打招呼，镇上几乎没有人不认识她的。我婆婆说，这是因为我们家是 R 镇上最早的家族。我太公初到 R 镇是做矿工的，后来在矿场被塌下的土块压死，血肉模糊的尸体吓得我阿公转行去卖杂饭。等我阿公喝酒抽烟把自己弄死掉后，整个杂饭档的生意就由我婆婆撑起来了。

　　我大伯常说这盘生意"吃不饱，饿不死"，每天一大早就要起来去买菜，收完档回家天都快黑了，工多钱少，一辈子都不会发达。但我婆婆说卖杂饭好啊，人人都是要吃饭的，有人吃饭就有生意，生意不好就吃自己，多好。

　　婆婆那么喜欢卖杂饭，真正的原因是她爱讲话。以前还没有麦当劳的时候，我们档口生意很好，镇上的人每天在我们这里进进出出。婆婆手上一面做事，嘴巴还硬要和各桌的客人聊天打屁，人家说什么她都要凑上一脚。你知道，八卦都是在饭桌上滋长的，大家饭吃饱了就爱讲八卦。谁在吉隆坡包了二奶、谁家儿子开车撞死人，镇上的流言没有半件能逃过我婆婆的耳朵。

　　也因为婆婆跟什么人都可以聊，长久下来就累积了一大堆琐碎广博的知识，举凡风水命理、金融风暴、腰酸骨痛、婚丧嫁娶、大选局势、橡胶行情……她都能够讲出一番有模有样的道理来。所以镇上人有什么疑难杂症，首先会想到王记去喝一碗猪杂汤，问问金嫂的意见。家里有什么红事白事，一定也不会忘记请我婆婆去喝酒吊丧。

那些晚上，婆婆刚放工到回家就带我出门。办大事的人家在家门前搭起铁棚，棚子底下亮着橙黄色的灯泡，昏黄微弱的光散落在小镇的夜晚中。婆婆紧紧牵着我的手，我们在镇上来回奔波，从婚宴跑到丧礼棚下，再从丧礼赶去喝满月酒。不管到小镇的哪个角落，前脚一踏进去就有人大喊"金嫂来了！"，婆婆满面笑容地和人打招呼，有时开黄色笑话调侃新人，有时握着主人家的手，在耳边低声安慰。

每个小镇人走到生命的某个阶段，回想起他们一生中的大事，背后都隐约有着金嫂的身影。我婆婆是一本账簿，小镇的过去与现在，每一个人的出生和死亡，每一片屋瓦上的纹路，她都记得一清二楚。

那时我才六岁，小镇对我而言很大，从白天到夜里都泛着迷蒙的光泽。

火车开通之后，镇上人到吉隆坡更方便了，吉隆坡里的时髦玩意儿也陆续进来。我六岁那年，镇上发生两件大事，第一件是镇上出现了第一家麦当劳，第二是我们终于有了戏院。我之所以会记得这两件事，是因为他们都和 Godzilla 有关。

那是一九九九年，日本来的怪兽 Godzilla 从好莱坞撼动了世界，吉隆坡的电影院天天都客满，看过的人都在吹嘘那只恐龙有多么逼真刺激。电视广告和报纸上满满都是 Godzilla，连旧街场上卖的玩具和童衣，上面也一定要印着 Godzilla 图样，远远望去一片青绿色。镇上虽然没几个人真的知道 Godzilla 是什么，但从大人到小孩，人人都感受到远处传来的怪兽气息。

麦当劳是吉隆坡人开的，他们在旧街场旁边辟了一大片空地，没几个月就建好了一座超大的麦当劳。小镇人很少看到那么豪华的餐厅，黑色的屋顶、透明的玻璃墙壁、红黄相间的包厢座椅齐刷刷地摆着。停车场竖着一根两层楼高的柱子，一个黄澄澄的"M"字在上面闪闪发亮。

麦当劳开张后，婆婆只带我去过一次。那时我在电视上看到麦当劳会送 Godzilla 模型，有一天去完巴刹，我装作漫不经心地说想看新开的麦当劳。计划成功，婆婆提着大包小包的菜跟我到麦当劳里去，点了两个汉堡，买到我要的 Godzilla。

当天的白日依旧猛烈，我们婆孙两人坐在明亮的餐厅里啃着汉堡，冷气呼呼地吹，我细细把玩手中的模型。Godzilla 大概有我的巴掌大，眼睛是血红色的两点，全身爬满灰黑色皱纹，我摸着它结实的肌肉，感受它从背上一直延伸到尾巴的尖刺，着迷得连汉堡都忘了吃。

我婆婆也没吃多少，她掀开汉堡检视里面的配料。

"这样一粒包要八块？"

如果我没有记错，镇上的戏院比麦当劳更早落成，但真正让我留下印象的事也和 Godzilla 有关。戏院建在旧街场旁边的山上，门口正对着对面山脚的火车头。从火车头走出来，一抬头就看得到"流金戏院"四个大字，下面还有当月主打电影的海报。我婆婆说，戏院占的位置是镇上数一数二的风水宝地，当年鬼佬传教士一来我们镇就看中了那地方，买了下来起教会。为了招徕客人，传教士们在屋顶上面摆个大大的十字架，晚上一亮灯，白茫茫的圣光就笼罩整个小镇。

果然，传教士们没几个月内就吸引了大批镇民去信耶稣教，一到礼拜天大堂里连坐的位子都没有，没两下就说要筹款扩建了。

镇上卖五金起家的万喜，是教会建材的供应商，他自己去了几次，看传教士随便讲几句话生意就那么好，不免越看越眼红。于是他跟镇上的议员还有宗教司出去喝了几次茶，后来就硬生生地逼走了鬼佬传教士。

万喜把十字架拆得一粒灯泡都不剩，原地起了更大更豪华的，R镇有史以来第一座戏院。

"流金戏院"建成在镇上轰动一时。为了这座戏院，万喜把棺材本都投了下去。三层楼高的戏院，里面有两个小厅一个大厅，戏院外墙粉刷成亮黄色，售票处请了一批年轻女郎值班，兼卖爆米花和汽水，连扫地的大婶都要穿绣名字的黑色制服。

万喜心里盘算，戏院这档独市生意加上风水加持，不用半年就可以回本，之后年年赚个盆满钵满。

戏院开张的那个晚上，镇上的人几乎都涌去看热闹了。不过那天小我三岁的堂弟阿光忽然发高烧要送医院，全家人乱成一团，没人有空带我去，害我失落了好一阵子。隔天听去过的同学说，那晚万喜站在戏院门口笑眯眯地和众人打招呼，戏院里三个厅都坐满了人，爆米花卖到盒子都不够用，最后都用旧报纸包。

可惜的是，万喜很快就笑不出来了。

戏院座无虚席的境况只维持了三天，随后每况愈下，三个月以后，两百人的大厅开场前连五个人都凑不满，营业一天就亏本一天，后来连外墙大灯都不舍得开，只开着门口的照明灯，天黑后山上只见一团昏蒙肮脏的黄色。

在夜市里卖翻版 CD 的翻版明，吃饱饭后说万喜是"聪明一世，胡涂一时"，他悠悠地抖脚跟我婆婆说："我们每天做工做到七晚八晚，回家看看电视就差不多要睡了，干吗还花钱去看戏？真的想看戏，跟我买几个 CD 在家里看不是更舒服？戏院在 R 镇搞不起来的啦！"他下了结论，一口气喝完凉水冰，咀嚼杯子里剩下的冰块。

来我们家吃饭的客人都说，戏院快撑不下去了。婆婆点头认可众人的意见，不过她补充，万喜搞砸这盘生意还另有原因："那块地呢，本来真的是块宝地，不过之前鬼佬的十字架插下去就坏了风水。阿万取名字又要取什么'流金'，流金流金，金还没进来就流完出去了啰！"

婆婆语带惋惜地摇头。"哎呀，阿万如果早点来问问我，就不会搞到现在衰收尾了。"

我不确定万喜是否知道小镇人对他的议论，但他终究是见惯大风大浪的人，不可能眼睁睁地看着自己棺材本在小镇人的愚昧中淹没。也是在我六岁那年，万喜也感受到 Godzilla 从远方传来的魅惑气息，他知道自己必须抓住这次机会奋力一搏。

万喜要把怪兽 Godzilla 引到小镇里来。

事情决定了，他跑到吉隆坡砸大钱买下了 Godzilla 的带子，在开播的前两个礼拜就开始四处为电影作宣传。首先他印了好几千张传单，夹在送报佬的报纸里面发还不够，他请人在巴刹和旧街场上发、叫自己儿子到学校里面去发，务必让 Godzilla 进入每个小镇人的家里。

　　末了，万喜订了一张巨幅海报，上面印着布满裂缝的灰色眼眶，一只血红色的瞳孔在其中滚滚燃烧。那海报立起来有整整两层楼高，万喜把它挂在外墙上，正对着火车头和整个旧街场。他特意添购了几盏聚光灯，晚上所有的灯光同时打在海报上，杀气腾腾的巨眼怒视着整个小镇。

　　白天在火车头和街上来回的人一抬头就看到那幅海报，没有人能够忽视那只巨眼的存在。到了晚上，戏院的灯火就更加耀眼灼目，山头上光猛①犹如野火焚林。在海报立起来后，小镇人无时不感到一种惘惘的不安。

　　电影开播前一天的下午，万喜亲自来到我们档口找我婆婆。

　　那个时间店里人很少，万喜一进来就大声和婆婆打招呼。两人

---

① 粤语方言，意为明亮。

寒暄几句，万喜笑眯眯地摸着我的头，把两张票塞进我的手里，对婆婆说：

"金姐你一定要来捧场啊，现在鬼佬戏的科技很厉害的，保证你那么大年纪都没看过那么精彩的戏。也带杰仔一起去看啊，当给他见见世面。""哪里好意思！杰仔，还回给叔叔。"

"哎呀金姐，大家那么熟不会不好意思啦，杰仔也想看对吧？"万喜再次摸摸我的头，"就这样约定啦！金姐帮我多跟客人宣传宣传就好，不用跟我客气的。"

万喜买了两包鸡饭，说赶时间先走了。

婆婆笑眯眯地送他离开。

我紧握手中的票，心头微微颤抖。

Godzilla 在小镇上映当天，夕阳还没落下山头上就亮起了所有的灯。流金戏院外灯火灿烂，放工放学的人们远远就看到巨眼的召唤。

婆婆那天叫爸爸顾着档口，早早就放工回家。她帮我换上最好的衣服，牵着我的手往戏院走去。

出门前堂弟阿光闹着要跟，我和婆婆骗他说恐龙会吃小孩子，吓得他大哭。但其实我和婆婆都不知道恐龙究竟是什么，也不确定恐龙会不会吃小孩。成功吓退阿光后，连我自己都有点怕了。那是我第一次看戏，我带着我的模型出门，一面走路一面盯着山上那只巨眼，手心感觉到 Godzilla 的背刺。

我越走越慢，婆婆紧紧地拉着我向前。

戏院门口早挤满了等开场的镇民，我们前脚刚到，跟婆婆打招呼的声音此起彼落。

"金姐，带孙子来看戏啊？"

"是啊，当作给他见见世面。"婆婆点头微笑，一一应答。

戏院前的空地上挂满灯泡，几个卖糖果零食的小贩在大声吆喝，印度人蒸 Kacang Putih[①] 的白烟四散，空气中弥漫着黄豆淡淡的甜味。小镇人围成散乱的圈子，窃窃私语，大声哄笑。我婆婆和众人打完招呼，也跟几个熟客聊起万喜在吉隆坡包的二奶。

在人声喧闹中，我忽然觉得安心了。这就像跟着婆婆出门的无

---

① 马来西亚的一种路边美食，主要食材是黄豆。

数个夜晚一样，我发现看戏和婚宴丧礼并没有什么分别。

进场前婆婆买了一包 Kacang Putih，等我们跟着人群坐定后，她抓了一把放在我的手心里，叫我慢慢吃。但那时我全副心思都在屁股下的椅子。我从来没坐过戏院的折叠椅，刚一坐下去屁股就被吃进去了，我越动椅子就夹得越紧，大半个屁股都被夹在里面。婆婆跟邻座的一家人正聊得高兴，我怕人家知道我连坐都不会坐，只好半缩着身体假装吃 Kacang Putih。

灯暗下来了，喧闹逐渐沉静，只听见椅子"吱吱"作响的骚动。

我听见远处冷气机暗沉的马达声，戏院好像越来越冷了。

我忽然觉得有点想尿尿。

一方白光打在前方的幕上，我转过头去寻找光的来源。

漆黑之中，我看见有白光从众人背后的小洞射出，小洞的背后到底有什么？我忍着尿努力思索，Kacang Putih 在我左手心里泛起暖意，恐龙的背刺钝钝地压着我的右掌心。

然后音乐响起，万千世界遽然展现。

电影开始了。

电影演了什么我早就忘了，当时我听不懂英语，字幕上的字也认不得几个。我只记得恐龙第一次出现在城市中时，我的膀胱胀得发痛，但全副精神都被那纯粹的破坏力量所震慑。

银幕上的恐龙竭力嘶吼，戏院的椅子隐隐震动，它在柏油路上一脚踩出一个脚印，尾巴扫断大楼，砖头瓦砾飞散。

我快忍不住尿意了，转过头去想要叫婆婆，却发现她正安详地睡着。

飞弹呼啸而过，机关枪子弹和急切的无线电杂音在城市上空交错，恐龙踩爆了一台出租车，火光四射，人们在断壁残垣中尖叫奔跑。银幕上的光影打在婆婆脸上，我婆婆却一脸安详地睡着了，嘴角一丝口水反射着光线。

我往婆婆旁边看，发现邻座的大叔和他老婆也都睡着了。他们家的小孩瞪大着眼睛盯着我。

城市在我们面前毁灭，但整个戏院的大人都睡着了，所有尿急的小孩面面相觑。我想起翻版明的话，小镇人的工作太累了，他们没有精神看这样的戏。我不敢叫醒婆婆，夹紧的双腿不断抖动。银幕上的暴雨好像没有停止过，我强迫自己投入电影里面，却不停地想着电影什么时候结束，想着婆婆什么时候要醒来。

在恐龙终于被抓住的时候，婆婆睡醒了。

她眯着眼睛，看着暴龙被缠在火车路上，巨大的身躯嗥叫扭动，战斗机从四面八方发射导弹轰炸。大概是因为不适应光线，婆婆的眼眶泛着泪光。

"婆，我想小便。"我拉着婆婆的衣角说。

婆婆如梦初醒，她低头看了我好一会儿，然后说："哦。好，要小便就走吧，恐龙死掉也没什么好看的了。"她拉着我的手，我们穿过熟睡的人群走向厕所。畅快淋漓地撒了一大泡尿。

"看电影也就这样而已嘛。"我这样对自己说。

当天晚上，我梦见 Godzilla 出现在我们镇里。它挖空火车路下的泥土，忽然从火车头里爬出来，背刺把火车头的天花板撑破，脚爪踩裂旧街场的大路，尾巴一扫就夷平了整个巴刹。我惊慌地逃到我们的档口，大声警告吃饭的镇民，但没有人理会我的话。

没有人听见恐龙的脚步声正隆隆接近，没有人看见站在档口前面的庞大怪物。他们继续工作、喝猪杂汤、打小孩和包二奶，婆婆坐在众人中间笑吟吟地聊是非。Godzilla 以血红的眼睛怒视着我们，最后它迅速俯身下来，一口把奶奶的上半身咬断。

从梦中惊醒，我发现自己尿床了。天亮，我慌忙地想着要如何瞒过尿床的事，还没意识到婆婆今天忘了叫我起床去巴刹。我走出门外，发现整个家空荡荡的，没有半个人影。

客厅里留了便条，我爸说婆婆昨天进院，叫我自己顾家。

那年我只有六岁，但这些事情我都记得清清楚楚。几个月后，我爸把我送到吉隆坡去上比较好的小学。这期间婆婆没有回来过，我爸说婆婆中 cancer（癌症），不能太累，等她身体好一点才带我去看她。我说好。我爸还叫我去到吉隆坡要用功读书，长大后去新加坡做医生，赚大钱回来孝顺婆婆。我也说好。

万喜的戏院最后还是撑不下去，一个月后万喜病倒，戏院也随之倒闭了。

2.

今年我再次回到了小镇。

回家的路漫长迂回。天还没亮我就从宿舍出发，匆匆赶到机场，登机，睡觉，下机。

在香港转机，吃了一碗翠华园的汤面，然后再次上机，睡觉，到吉隆坡下机。我在吉隆坡机场迷了一段路，买了份麦当劳套餐，然后搭巴士到吉隆坡总站。下车，上火车，睡觉……

等我回到R镇火车站的时候，天已蒙蒙地要暗了。

夕阳把火车站的阴影投射在大路上，隐约可以听见远处回教堂的吟诵声。正好碰上下班时间，车站里人很多，站前的马路也塞满了车子和巴士，纷杂的声音密密麻麻地填满小镇。四处是蒸腾的乡音和汗水味，小镇合身地将我穿上，我忽然有种从未离开的错觉。

我在车站前拦了辆出租车，告诉司机我家地址。出租车是十几年的老普腾，收音机里播着我没听过的马来歌。冷气隆隆作响，却一点凉意都没有。车子前进得很慢，小镇这些年来车辆多了几倍，马路却没什么整修过的样子，尖峰时段大街上的车子根本动弹不得。

舟车劳顿了一整天，我只想在车上安静地休息一会，但司机马来大叔一听见我从外面回来，就兴致勃勃地要跟我聊天。他唠唠叨叨地说话，我努力忍住哈欠敷衍着他。

我真累得要命。

这次回来，一半是因为我表弟，一半是因为婆婆。我七岁那年离开小镇，十五年来回家的次数应该不超过五次。在吉隆坡读小学的时候是因为年纪太小，不敢自己搭火车。等年纪够大后，人却已经到了新加坡，要回家太麻烦。再后来到台北读大学，那更不是想回就回的。

当然，或许这都是借口，或许我不回家，是因为找不到回家的理由。R 镇什么都没有，回来的前几天见见家人，逛逛小镇还有点怀旧况味，但不到一个礼拜就闷得发慌。十几年来都待在外面，在镇上我连朋友都没有几个，R 镇对我而言已经有点太陌生了。前几次回来，我最长也只待了两个礼拜，之后就推说学校有事情，匆匆地回到吉隆坡。

难得的是，我家人并不十分在意。我阿爸每日早出晚归开档收档，每个月定期汇钱给我，生活十年如一日。我们的生活都一样重复且无聊，就算打了电话也是相对无言。我中学开始打工，后来跟家里就绝少联络了。

所以那天我爸打来，劈头就问什么时候要回家，我马上知道事情不妙。

"还不确定呢，看学校什么时候放假吧，还要查查机票价钱……"

"最近找个时间回来吧，机票钱我汇给你。"

"到底什么事？"

"你堂弟要结婚了。"

"结婚？哪个堂弟？"

"你还有几个堂弟？就阿光啊！"

"阿光不是中学都还没毕业吗？结什么婚？"

"还有为什么？"我爸压低声音，怕被别人听到似的，"搞大人家肚子啦！"

我十分震惊。阿光和我差了三岁，小时候我们都是由婆婆照顾，婆婆忙着做生意，我们两个就在旁边一起玩。阿光身材瘦小，皮肤白皙，常年都在生病，一副养不大的样子。我小时候很讨厌跟阿光一起玩，因为他仗着身体弱，大人比较宠溺他，一点小事就大哭大闹。我看不惯他娘娘腔的样子，一逮到机会揍他。等他哭着找大人，我早就跑得远远的了。

那个爱哭鬼，现在竟然一下就说要结婚了？我试着想象阿光穿西装礼服的样子，却发现自己连阿光的脸都不太记得。那几次回家应该有见过他的，但我一点都想不起他的面貌，印象只留在那个瘦弱多病的小鬼头身上。这段时间内发生了什么事？阿光后来做什么去了？我脑子里一片空白。

我对阿光一无所知，对小镇人却熟悉得很。在握着话筒的当下，我仿佛能清楚地看见一张张暧昧的笑脸，听见细碎的气音在嘴唇间逃窜。猪肉摊和邻居的篱笆间传来窃窃私语的声音，轻轻咬噬着整个小镇的脚趾。对小镇人来说，未婚先孕是可耻的，跟性有关的背德事件带着无法抵抗的魅力，素来都是小镇人最爱的八卦题材。

流言早已暧昧地流遍了整个小镇，为小镇无聊的日常找到了活力。作为当事人，我们家里人一方面对小镇人的议论心知肚明，另一方面又不能戳破，只能假装什么事都没发生，靠着装傻来维持在小镇的日常生活，静待镇民的新鲜感过去。

整个镇上唯一对堂弟婚事感到高兴的，大概只有我婆婆。我六岁那年，婆婆被诊断出脑癌，发现时已经是第三期了。当时医生说情况危急要赶快治疗，但我婆婆抵死不从，在医院里稍有意识就大声哀叫着要回家，最后医生只好叫我爸先把她带回家再劝劝。

我婆婆一回到家里，马上跑到街上去找青云寺的老庙公，老庙公卜了一卦，说"有惊无险，大步揽过"。婆婆欣喜若狂，从此更加不肯去医院了。当时全家人都气疯了，我大伯喊着说要去拆了那个老神棍的庙。婆婆却气定神闲，每天早起上香。

这么多年过去，老庙公几年前车祸死掉，青云寺转卖，重建成高级茶餐厅，婆婆的身体却还是和十五年前一样健壮。她依旧每天五点起床上香，到档口上坐着，晚上收档过后回家洗澡，接着徒步把整个小镇逛完一遍才回家。医生惊讶地发现癌细胞不再增长也不曾消退，她的身体好像就定格在那里一样，什么都没有改变。

唯一变化的，是在婆婆脑中逐渐腐败的记忆。她先是不记得镇上小孩子的名字，接着忘了孙子的样子，最后连自己两个儿子都不认得了。从叫错我阿爸名字那天开始，婆婆就不再说话，一直到堂弟的婚事叫醒了她。

我爸提起这件事还心有余悸。当时天才刚暗下来，婆婆照惯例出门去散步，我爸就在厨房忙着收档。约莫半个小时后，他背上忽然被狠狠地打了一下，他转身发现满脸怒容的婆婆："阿发！光仔要结婚了？"

我爸吃惊地盯着我婆婆，那是多年来婆婆第一次正确地叫出他的名字，店里在聊天的几个小镇人瞬间静了下来，大家都瞪大着眼望着我婆婆。我婆婆显然没注意到众人的怪异反应，她站在档口前面痛骂着子孙不孝，没有人敢插半句话。

"一群人像白痴一样看着你婆婆骂了半个小时。"我爸在话筒对面笑了起来。

"什么时候的事？"我问道。

"前几天吧。"

"那婆婆现在身体怎么样？"

"应该是还好，不过现在不太到档口去了，整天吵着要去大伯家弄婚礼的事。人家早就弄得差不多了，她什么都要插手，你大伯被她烦得要死。"

"那婆婆……有问起我吗？"

"有啊。"我爸沉默了一阵子，然后说："她那天骂完人回家，第一个问起的就是你。婆婆说那么多个孙子你最孝顺，叫我问你什么时候要回来。"

"是吗？"

"婆婆还是跟你最亲，她还记得你小时候最喜欢恐龙，每天拿着那只恐龙玩具跑来跑去，晚上睡觉都要带着，骂都不会听的。还有你小时候整天尿床，要婆婆一早起。"

"那我下礼拜回去吧。"

小镇这些年来变了不少。

出租车缓慢地穿过大街，我注意到当铺不见了，它隔壁的杂货店还在，不过已重新装潢，招牌上用哥特体题着英文字，也不知道是不是同一个人开的。

旧街场上的巴刹被夷平，司机说，市场搬到一座四层楼高的建筑里面去，干湿分离各占一层楼，另外两层做成室内停车场，还特别划开一区来卖猪肉。

"很干净的，你明天可以去看看。"

还是有些事情没变，鸡饭佬的档口还在同一个地方。今天是礼拜二，街场也照例开着夜市，出租车经过的时候我看到翻版明的老货车停在路边，几个大婶站在摊子前选光盘。

　　夜市旁边是补习中心，放学时间，学生在门口来来往往。补习中心是近几年才出现的，这里原先是家银行，再之前是什么了？我努力回想，却一时想不起来。

　　我的头在隐隐作痛，还有点尿急。刚刚在车站应该先上厕所的，现在出租车刚离开大街，卡在车龙里前不着村后不着店，只好先忍着了。

　　我疲累地闭上眼睛，但司机大叔仍兀自叨念个不停。他缅怀起马哈蒂尔时代的安居乐业，感叹世风日下，首相越换越糟糕："现在民联输掉了，恐怕之后日子会更加难过啊。"

　　他问我："听过 Ultraman[①] 被查禁的事吗？"

　　"不知道，我很久没看电影了。"我随口敷衍他，心里只盘算着什么时候可以回到家上厕所。车龙移动缓慢，前方车子的刹车灯远远地延伸到路的尽头。一回到小镇就心绪不宁，我合上眼睛都看得到一双双红灯闪烁，像眼睛一样盯着我。疲累至极，司机对咸蛋

---

①　即奥特曼。

超人[1] 的议论在我脑中回旋。

一只巨大的红眼忽然睁开。混沌之中有光出现，滚滚燃烧的瞳孔瞪视着我。眼睛的红光映照出遍布鳞甲的头颅。瘦骨嶙峋的脚爪压下在车顶上，出租车的每个细缝都嘎嘎作响。

我猛地惊醒，出租车仍在缓慢前进，司机大叔正在说他第三个老婆的故事。一股异样的冲动闪过，我翻过身去，从后车厢泛黄的玻璃中寻找它。

灯火暗淡的山头上，我看见一只血红的眼睛回望着我。

十五年过去，海报被雨水洗得泛白，四处都是裂缝和污迹，让巨兽的眼眶更显苍老，但眼眶中的火仍像夕阳一样滚滚烧着。眼睛在我心里荡起一阵寒意，尿意忽然更加激烈，我夹紧大腿，痛苦地忍耐。等司机开到我家门口，我掏钱的时候差点就憋不住了，进门后，把行李丢在大门旁，冲进家里。

---

[1]　即奥特曼。

我笨拙地撞开厕所的门，发现有人蹲在厕所里刷地板。我婆婆一手抓着刷子，抬头认出我后灿开了笑："回来啦？"

"哦？回来了。"我说。

3.

十五年过去，但我婆婆近乎顽固地留住了时间。她把家里新买给她的衣服都塞到衣柜深处，身上穿的永远都是那几套。因为长时间地刷洗和磨损，那些衣服都被洗成一致的灰白色，让婆婆看起来每天都穿着同一件衣服。醒来后的婆婆一样爱笑，爱和邻居聊八卦谈是非。问起这十五年来发生的事，婆婆一概笑而不答，机灵地把话题转到我小时候爱尿床的事。

一切未曾改变，我好像从来没离开过小镇。

当然，这都是自欺欺人。我再怎么不愿意承认，改变仍剧烈地在我眼前发生。醒来以后婆婆的身体以惊人的速度衰老。我每隔几天就可以明显地察觉到她身上的变化，先是头发在几天内全都白了，原有的皱纹不断加深，接着新的皱纹又在意想不到之处裂开。婆婆的眼眶深陷肤色暗沉，老人斑爬上手臂，家里的地板四处散落着白发。

短短两个礼拜内，她从每天徒步行走小镇一圈，衰弱到只能留在家里做家事。

最后连走都走不动了。

即便如此，婆婆依旧精力旺盛。我回来的这段日子，每天一大早她就在客厅等我起床，然后要我开车带她在小镇里逛逛。我睡不习惯家里的床，那时候睡眠质量极差，每天晚上都噩梦频频。但为了婆婆，我还是硬撑着早上五点起床，陪她在小镇里漫无目地地闲逛，吃早餐，跟相熟的老人聊天。

婆婆双脚无力，上下车都需要我的搀扶，我触碰到她温软的肌肉，手心忽然记起被婆婆牵着行走的触觉。

那几天小镇阳光灿烂，斜斜的日光从车窗照到婆婆脸上，她以眼神抚摸整个小镇。

我看见庞大的黑影在地底下穿行，背脊的尖刺犁动泥土和矿坑。

火车头、旧街场、电影院，小镇早已被挖空，他们的脚下只剩薄薄的一层地皮勉强支撑。我们不要忘记 Godzilla 是母龙，一切残暴与肥大都是为了孕育未来的可能，在小镇人都睡着的时候，它在地底下痉挛阵痛，把白色的卵布满了整座小镇。当飞弹在地面上爆炸，开往吉隆坡的火车隆隆经过，所有新生的恐龙蛋都会轻微颤动。夜里，恐龙蛋里面有声音在窃窃私语，敲击蛋壳。如果夜够深，我还看得见一点点的红光穿透蛋壳。一闪一闪，无数只小眼睛在小镇地下等待出壳。它们是 Godzilla 的孩子，它们饥肠辘辘，但 Godzilla 爱它们。

婆婆日常巡视的最后的目的地，总是大伯的家。"去你大伯家看看。"

婆婆假装漫不经心地说，但我们都知道这是她唯一念兹在兹的事。我载她到大伯家，大伯把门打开让我们进去。他也不上来帮忙，只默默地看着我把婆婆扶到客厅里坐着。上午的太阳白森森地咬着小镇，大伯扭开电视，我跟婆婆都气喘吁吁，好一段时间都没人说话。早上起得太早，又东奔西跑的，我刚坐下头又昏沉起来。

"阿光怎么不在家啊？"我婆婆打破沉寂。

但大伯不太想回话，过了好一阵子才不情愿地说："在上学啦。"

我迷茫地回忆阿光的样子。

"阿光婚礼办得怎么样？"

"哎呀，老妈你好好休养，不要担心这么多，这些我们会弄的。"

"你们会弄？搞那么久连日子都还没选好，什么叫你们会弄？你们懂得有你妈多吗？我讲什么你们都不听，你们会弄？"

大伯一脸不悦，我拉着婆婆想制止她，但她还是滔滔不绝地说起来了。

"阿财，结婚不是开玩笑的事情。要办就好好办，日期要赶快选了，这个月好日子很少，再拖就过完了。摆酒要摆几桌？礼金聘金谈好了没有？八字有没有去问？婚礼要请谁去？每一件都要想好好啊，不要到时礼数错了就笑死人……"

大伯的眼睛死死盯着电视。婆婆的声音在闷热的客厅里流转，电视里面有人哄堂大笑，热浪回旋，我的头痛更剧烈了。

　　Godzilla 从矿坑里钻出地面，发现小镇已过于拥挤，它庞大的身体无处回旋，每个转身都势必要把一切撞到。战斗机回旋，暴雨落下如导弹，废墟散落空中，Godzilla 的孩子即将孵化，它们茫然四顾，找不到母亲也找不到鱼。哪里有鱼？孩子们望向曾经圣光四射的山头，却什么也看不到。

　　回家之前，婆婆扶着车门不让我关上，数次提醒我大伯要赶快决定日子。"其他都算了，日子再不选会来不及！你倒是轻松慢慢等，人家女方等得及吗？我等得及吗？所以说日子要快点选，早跟你说这个礼拜好日子比较多，过完就要等几个月了，懂懂懂，你们到底懂什么，日子要先选……"大伯敷衍地应了几声，把大门关上。婆婆悻悻然地上车，仍旧碎碎念个不停，而我仍然记不起阿光的样子。

　　阿光结婚的日子其实早已选定，全镇人都收到了请帖，只有婆婆对此一无所知。消息灵通的小镇人甚至在收到请帖前就知道了婚礼日期，只是没有人敢告诉我婆婆。

　　本来表弟早婚那么丢脸，全镇人都以为大伯会随便摆几席低调了事，我大伯偏要反其道而行，他要办一场镇上从未见过的大婚礼。婚礼走西洋白色婚礼风格，淡雅高贵，省去一切多余的繁文缛节。喜帖是我大伯特意到吉隆坡去请人印的，白底烫金，封面用英文花式书法题字。那张白色的喜帖在小镇迅速散布，所有半生不熟、勉强够得上边的亲戚朋友都被请到了，镇上有头有脸的人物当然一个都少不了。小镇久违地沸腾起来，街头巷尾的人终于可以大声谈论金姐孙子带球结婚的故事，从新人到婚宴，这场婚礼每个细节都让小镇人兴奋不已。

　　"你是嫌我们家不够丢脸吗？"我爸不止一次对我大伯抱怨。

　　我大伯对此十分不屑："就是要给这些乡巴佬开开眼界，看他们还敢不敢在我背后说那么多话。"不止喜帖，连婚纱、礼饼、会场设计全都在吉隆坡做好，本来大伯连婚宴都要在吉隆坡酒楼办，不过他怕小镇人来得太少，所以最终决定租下镇上的民众会堂当婚宴会场。又为了迁就假日让更多人出席，婚礼选在两个礼拜后的礼拜天进行。

这些事当然不能被婆婆知道，光是白色喜帖就够她闹的了，大伯后来去查皇历，还发现婚礼当天赫然写着"忌嫁娶破土"。别的还可以敷衍过去，婚期是婆婆无论如何都不会善罢甘休的。

为了不让大伯的精心策划毁于一旦，他决定要瞒着婆婆。大伯吩咐家里所有人都不能对婆婆提起婚礼的事，发请帖的时候还特意交代小镇人先不要让我婆婆知道。本来要小镇人守口如瓶是不可能的事，但婆婆近来身体日渐衰弱，平时难得出门，出了门也都有我陪在身边。即使她主动跟相熟的街坊抱怨大伯对婚礼的怠慢，小镇人偷偷瞄了我一眼，就旋即把话题绕开。

当婚礼的消息在小镇沸腾，婆婆却一无所知。

我大伯的意思是，拖磨到婚礼前一天才告诉婆婆，生米煮成熟饭，他吃定婆婆绝不敢在结婚的大日子闹脾气，在那以前不管婆婆如何追问，大伯都一问三不知地装傻。

婚礼的日子一天天逼近，我和婆婆依旧每天清早出门，绕着小镇逛圈圈。婆婆跟每个人都抱怨大伯，小镇人眼神闪缩地看我，支支吾吾地撇开话题。上午我们照样到大伯家，婆婆的脾气日渐暴躁，对大伯说话越来越重，但大伯仍旧脸色铁青不发一语。

婚礼前几天，大伯要处理的事情更多了，他对婆婆每日的逼问也更加不耐烦，最后干脆连门都不开。我们在车上按了几次车笛，婆婆叫我下车拍打铁门，但屋内始终没有人出来回应。

我透过窗帘间的缝隙，看到客厅里的电视正在播映，婆婆坐在车上，我不确定她是不是也看到了。她说："回去吧。"

在回家的路上，婆婆叫我不要像我大伯一样，做事没有定性，婚姻大事都拿来搞搞震①，把好日子都误了。然后她对我数说婚礼的细节，三书、纳采、问名、文定、请期……一直到我们回到家，我抱着婆婆在客厅里坐下，她还自顾自地说个不停，我疲惫不已，只能假装专心地听着。

过了很久我才发现，婆婆说话的时候眼睛始终望向窗外，好像

---

① 粤语方言，意为添乱、捣乱。

根本不是在对我说话似的。

Godzilla 惊觉自己迷路了。它曾从太平洋跨海而来，当时它才刚刚被辐射照耀，对自己身体变化感到惊奇而恐惧，但潮流是温暖的，漆黑的海水中它看得见远处闪耀的山头。长久以来蛰伏于地，它以为自己终于不用迁徙，一觉醒来却惊觉土地自己完成了自己的迁徙。因为四处都在发光，Godzilla 再也找不到光，它试图重新嘶吼，甩尾，踩踏。高楼落下但无人奔逃，导弹落下如同暴雨。它的白卵即将孵化，哪里有鱼可以喂食他们？

婚礼后天举行，大伯打电话给我爸，说也该是时候告诉我婆婆了。我爸说，整个家族里我跟婆婆最亲近，这个任务应该交给我。那天我彻夜未眠，天还没亮就坐在客厅等婆婆起床。婆婆出来看到我时略显惊讶，不过她没说什么。

天亮后，我们依照惯例开车绕了小镇一圈，上午到大伯家敲门，依旧没有人回应。从大伯家回来，婆婆让我把她抱到家门口。大门前没有半个人影，婆婆倚靠着大门，就这样痴痴地望着空无一人的马路。

我知道现在是最后的时机了。

我从房间拿出喜帖，坐到婆婆身旁。我低着头告诉她明天就是婚期。

婆婆的反应出乎意料地镇定，她视线始终没有从大街上移开。阳光在婆婆侧脸的皱纹上陷落，形成一道道暗沉的裂痕，我忽然意识到婆婆连白发都稀疏了，苍白的头皮上爬满深褐色的斑点。

婆婆始终不发一语，我不知要如何应对，只能一鼓作气地说话，设计新颖的请帖、吉隆坡运来的婚礼灯饰、十菜一汤、冷气大会堂……我不断地说话，把这个月以来小镇人所谈论的一切都告诉了我婆婆，但我婆婆却连眉头都没皱一下。

我疲惫不堪地停下时，日影已西斜。我口干舌燥，再也不知道要说什么，两个人就静默地看着太阳陷落。

等太阳的最后一丝光芒湮灭于山头上，婆婆才忽然打破沉默，要求我再带她出门逛逛。

我们再次回到小镇中心，这一次换婆婆多话了起来。她指着每一户人家的门，告诉我这一户是卖猪佬的家，那一户是补皮鞋的，她告诉我每一个小镇人家里的奇闻逸事和孩子的乳名。夜晚镇中心的大楼都亮起了灯，婆婆视若无睹，指着银行告诉我翻版明老爸在锡矿场跌死的故事，并且要我记得，如果要在巴刹里买肉包，千万不要跟蓝色遮阳伞下的那个陈嫂买。下班时段路上塞满了车，我们缓慢前行，婆婆屈着手指细数小镇掌故，在每一个路口指引我前进的方向。在婆婆的引领下，我们最终到了煤炭山上。山头上已经很久没有人经过，戏院的外墙油漆斑驳，长满了壁癌和藤蔓。就着橘黄色的微弱路灯，我们再次看到了那只巨眼。

经过十五年的风雨飘零，大海报的裂口都已卷起白毛，所有的线条都失去了原来的形状，但巨眼朦胧的轮廓仍死盯着山下小镇。小镇在发亮，我们看见火车头里的火车刚刚进站，大街上人群涌动。我婆婆眯眼俯视，她滔滔不绝地说话，我抱着她的手臂开始发酸颤抖，身上的汗水浸湿我婆婆的旧衣服，天色越来越暗，婆婆的声音也越来越沙哑……。

　　当天晚上，噩梦格外凶狠地向我袭来。我梦见旧街场和新大楼在小镇的土地上轮流升起，然后相继倒塌。无数的小恐龙于废墟中寻找一切可吞吃之物，它们的红眼睛闪闪发亮。忽地大地震动，天上有大火落下，小恐龙和尚未孵化的胚胎在巨大的蛋里一同爆炸，蛋液沸腾，它们还未学会嘶吼就已焚烧至死。Godzilla 看着这一切，一秒都不曾眨眼。然而 Godzilla 是没有眼泪的。天火燎原，暴雨落下，小镇长大后怪兽已无处容身。

　　我从噩梦中惊醒，全身湿透，连裤裆下都是湿冷一片。慌忙地爬起身来想要清理，才发现天色已经大亮了。我走到客厅去，婆婆并没有在客厅里等我。我打开婆婆的房门，发现她一动也不动地躺在床上，身体僵硬，气息停止。我叫了她几声，轻轻地摇她，她都没有回应。

　　我意识到婆婆已经死了，心里却出奇地平静。

4.

明天就是婚礼了，南无佬、我大伯、我爸和我围在婆婆的床边，没有人知道该怎么办。到底要先办婚礼还是葬礼？这种事没有人有经验，全镇唯一知道答案的人，现在冰冷地躺在我们面前。

大家看着大伯等着他定夺。大伯沉吟片刻后，决定按原定计划办婚礼，他说："婚礼的场地早就订好了，东西也准备了那么久，要改期也来不及通知全镇的人吧？"

"那老妈呢？"我爸问。

"就先放在家里，叫南无佬念着经等等吧，婚礼办完马上办。这样应该可以吧？"大伯望向喃呒佬。

南无佬好像自己也不太确定，迟疑地望了我们一眼，才回答说："应该是可以的吧。"

事情就那么定了。

婚礼当天，会场里的冷气全开，轰隆隆地将暑气隔绝于外。小镇上夜空澄净，鲜白色的民众会堂用气球和紫色绣球花点缀起来，中间的走道铺了一张大红色的地毯，门前还有假花编织的拱门。各处的日光灯亮起，婚礼在漆黑的小镇中发光如珍珠，这是小镇人从未见过的盛典。

全镇的人几乎都到了，每个人都对这场地啧啧称奇。我大伯一身西装，笑眯眯地在门口迎接众人，"恭喜恭喜""赏脸，赏脸"，我大伯红光满面，把众人给的红包交给他老婆点算。

小镇人刚进到会场都兴致勃勃，抬头看看布满天花板的银白色气球，摸摸丝绒桌布和金色餐具，讨论桌上的花篮是不是真的。人们贪婪地观看及说话，我坐在众人中间，觉得这样的场景似曾相识，恍惚间不知道自己身在何处。会场里播着 Yiruma[1]，在各种声音里我好像隐约听见了南无佬的诵经。

婆婆的房间里灯光暗淡，她静默舒适地躺在木头里面。

---

[1]　李闰珉（이루마，1978 年 2 月 15 日—　），艺名 Yiruma，是一位出身韩国首尔的新世纪音乐钢琴家与作曲家。

时间已经很晚了，会场里坐了八九分满，但婚礼迟迟还没开始。小镇人们渐渐对新颖的会场失去了兴致，转而试探彼此礼金包了多少、研究菜单上晦涩的菜名，当然，还有讨论新娘婚纱下的肚子。

我看见大伯满头大汗地来回穿梭于会场，我爸低声告诉我，中央空调好像坏掉了。会场里失去了冷气的马达声，大家觉得越来越热，不免开始骚动起来，背景音乐的每一个休止符下都垫着一层嗡嗡的私语。

我婆婆紧闭双眼，她的心脏与这些私语声共鸣，她的尾巴缓缓地跟着节奏打拍子，让棺木格格作响。南无佬想必不会注意到，他虽然在口中诵唱经文，心思早就飞到了婚礼之上。

穿黑色套装的大妗姐上台，婚礼终于开始了。新人在婚礼进行曲中走过红地毯，大家用力地鼓掌喝采，眼睛却死死盯住新娘的肚皮。

我终于看到了我堂弟，他理着平头，依旧苍白而消瘦，和十五年前的长相竟然没有太大差异。他穿着明显过大的灰色西装，羞涩地挽着身形娇小的新娘。新娘的连身长裙让她走得绊绊磕磕的，短短一程路走了五分钟才走完。

大妗姐在开新人玩笑的时候，第一道冷盘终于上了，饥肠辘辘的众人忙着夹菜，没有人在意脸红得说不出话的新人。

菜上得很慢，每一道菜上来都弄得漂漂亮亮的，光是摆盘的花花叶叶、萝卜酱汁就占了一大半，却没有几块肉可以吃。已经晚上九点多了，下午空着肚子要来饱餐一顿的小镇人，现在都饿红了眼，菜刚上来就一哄而上。

我们家亲戚根本不敢多吃，大伯怕请来的大老板们吃得不高兴，把我们桌的菜肴全都送过去了。

菜上到一半，我大伯在台上放了几张椅子，说是时候让新人给大家敬茶了。众人都大为吃惊，没想到大伯在白色婚礼中还保留了这套传统。

大伯用麦克风请我爸妈上台，他们手足无措，在众人注目下只能扭扭捏捏地上台坐着。新人跪着向他们敬茶，我爸说身上没有红包袋，大伯微笑，从身后拿了一沓红包出来给他。

众目睽睽，我爸拿出几百块放进红包里，交给我表弟。大伯依照辈分一一点名，阿光在家族里辈分最低，因此除了和我同龄的几个人之外，连远房亲戚都无一幸免。

众人饿着肚子看台上的闹剧，有人借尿遁全家溜走，有人狠下心来叫服务员再开几瓶威士忌。

我爸从台上下来后拼命说丢脸死了，两父子都拖衰家。

我知道，现在在这里发生的所有细节，明天早上就会传颂于小镇的每个角落，连不在场的南无佬都会知道得一清二楚。

这一次他们不用担心会被我婆婆听到了。

5.

当天晚上十二点，我们疲惫不堪地回到家里，南无佬说再不出殡就要发臭了。于是决定明天一早就办葬礼，后天出殡。

南无佬出去打了几个电话。几个小时后来了一群工人帮忙搭铁棚、挂白布、设灵堂。婆婆和棺木一起被移到客厅，蓝黑色的丧服和大包的冥纸元宝一起送到，家里又开始闹哄哄起来。

早上十点，我们红着眼睛打电话给各个亲戚，告诉他们婆婆去世的事。中午附近的三姑六婆陆续来到，他们围在婆婆灵柩旁折元宝，说人生真是化学 [①]，昨天婚礼都还没跟金姐说到话呢。他们带来的小孩在客厅里乱跑，嬉笑叫闹。

我望着婆婆的灵柩发呆。婆婆的脸开始有点肿胀，老人斑的颜色愈加暗沉，乍看下是长出鳞片来似的。因为天气太热，工人为婆婆加了好几次干冰，大量水汽将墨绿色的寿衣都打湿了，服服贴贴地粘在婆婆身上。

有个五六岁的小男生拉着我的裤管，叫我抱他起来看看灵柩里面是什么。旁边的大婶们闻言大惊，叫我把小孩赶到一边去玩。

晚上，刚下班的小镇人几乎都赶来了，大伯也是。客厅门口挂

---

① 粤语方言，意为容易损坏。

着一幅白色的地府图，他红着眼睛站在底下，接受众人的吊问与白金。众人进门对婆婆的遗照拜了拜，围在灵柩旁瞻仰遗容。

我拿花生和包装饮料招待客人的时候，听见众人不胜唏嘘地谈起婆婆年轻时的意气风发，以及当年婆婆如何帮助整个小镇渡过难关。

南无佬和他的徒弟们敲锣吟诵，吩咐我们跪下，起立，围绕灵柩，哭，叩拜，我乖乖地听从吩咐。夜深了，屋顶下灯光灿烂，还没离开的人围着婆婆谈天说笑，小孩子用冥纸折成纸飞机在旁边玩。

我看着婆婆大汗淋漓，头脑一片混沌。

山头上那只巨眼，现在也正疲累地望着我们吗？

当晚南无佬通宵念经作法，我在锣鼓声中迷迷糊糊地睡下。一夜无梦，没有 Godzilla，没有爆炸，也没有大楼或阿鼻地狱。我在睡梦中隐约听见客人低声聊起昨日的婚礼。

第二天早上再作了一次法，盖棺时我没有上前去看。我们用走的送婆婆到山上的义庄，往棺材上撒了一把土，婆婆就下葬了。

众人疲惫地回家，小镇经历了这场大折腾，大概要等到数周后才能恢复它单调无聊的日常。我睡了一觉，早上起来就推说学校有急事，匆匆地离开了小镇，一直到今天都没有回去过。

6.

离家那一天，我在开往吉隆坡的火车上滑手机，看到新闻才知道当天有家连锁电影院在小镇上开幕，开幕首映是新版《哥斯拉》。

数月后我爸在脸书上告诉我，阿光生了个女儿，眼睛长得和新娘很像。

林语堂的打字机

先生告诉我：打字机是神圣的。

先生又说：在打字机的万千诸神之中，中文打字机尤其神圣。

我对先生的话感到怀疑，而先生敏锐地意识到我轻微的躁动，他说：我并不责怪你的无知，如今人类日日消耗文字，在你们指尖下文字一日无数次死去又新生，以至于你们以为文字本就如此，忘记它原来有彻底死去的可能。然而百姓日用而不知，这本就是神圣的宿命，所以我并不责怪你的无知。

我羞涩地反驳：我并没有这样说。

先生没有理会我的抗议，他陷入悠远的回忆中：我还记得，那时中国的文字曾经一度面临真正的死亡，就像古埃及文、古爱琴海文字，它们从此怀抱着各自的文明静默不语。或许还有少数学者能以不同的方式严刑拷打，逼它们吐露自身包裹的意义，然而那都只是不带生气的化石，再也没有人诞生于这些文字中。

我记得，中文和它所背负的世界，也曾经被外来的枪炮与船只深深刺入腹部（至今天冷的时候，我仍会感到创口隐隐作痛）。有无知的人认为，是中文字的老弱拖累了中国，"不能成为机器的文字并不适合这个时代"，他们这样宣称，因此生于中文的孩子迷恋于制造机器的语言，法文、日文、德文、俄文……中文被捐弃如同年老多病的母亲。

然后打字机出现了，机器与文字融为一体，机器量产外国文字如同量产子弹，带着迅速的消息在中国攻城略地。本质上难以适应打字机的中文，在这场战争之中更是兵败如山倒，越来越多的人不再相信它的力量，古老的圣光愈加暗淡。于是开始有人认为，必须将中文作为祭品，割去其烦琐字形，统一其无序字音，削去其糟粕字义，方能使中国进入现代时间。

先生悲切咬牙，他内心的震动传达于我，我心脉深处经历痛苦震荡。

先生强定心神，绞心的疼痛趋缓，他接着说：在最黑暗的时刻，也有些光明存在。有无数有识之士挺身而出，力挽狂澜，以自身心血为中文续命。他们耗尽才智与家财，发明形状各异的的中文打字机，意图以此电击古老文字即将衰竭的心脏。有人提出能够容纳数万字的巨大字盘，有人做出如罗盘般旋转的打字机，有人拆解中文为音声笔画再重新组装……中文打字机如繁花绽开成万千姿态，但怀着不同方法与目的前进的先贤，都碰上相同的两道高墙。

中文打字机的两个问题：第一，数量庞大的中文字，究竟要如何被装进一个小小的打字机里？如果每个字都想要放进打字机里面，那打字机会如巴别塔高耸入云；如果删去生僻词汇而只选常见字，在每日诞生新词汇的时代，遇到不能打出的字该怎么办？

即便有人成功解决打字机的容量问题，那他马上会撞上第二面高墙：中文字与字间不以逻辑相连，打字人要如何从海量的文字里挑出心中所想的一个字？其困难程度就像要在千万人中求一人，在撒哈拉沙漠里找一粒白糖，在蒙古大草原中寻找一根睫毛。

中文打字机的两道问题，前者繁而后者简，各自以不兼容的矛盾扭成两个死结。然而先贤们仍前仆后继，耗费大量人力与物力，希望能攻克这两道阻挡中国走入现代的墙。有人选择攀爬城墙，有人从墙底下挖凿隧道，有人苦苦拆卸每一块砖头，这些尝试的勇气可嘉，然而大多都迅速凋零且下场凄凉。

最后唯有林语堂，先生说，唯有他一人以优雅地姿态穿墙而出。

先生的声音逐渐和熙：如果没有林语堂，中文早已经死去，我们也不再是中国人了。

我不是中国人，我困惑地告诉先生。

你知道我的意思。先生含混带过，然后他清清他不存在的喉咙，说：现在的你们对林语堂还知道多少呢？那时林语堂已经名满天下，是学贯中西的大学者、大作家，因此当凡人孜孜追求技术的解方，林语堂以其才智和学识，一眼看出问题的根源在体不在用。

　　问题不是不够复杂，而是不够简单。林语堂在他的笔记里面写道：中文为我民族灵魂之根本，故中文打字机之发明需先循其本，掌握中国文化之根本大道。道生一，一生二，二生三，三生万物，如此所有问题自然迎刃而解。我打断先生：这里说的所有问题，也包括了我的问题吗？

　　当然。先生以温柔语调回复：一切问题都是文字的问题，因此只要能回到一切问题的本源，你便能抵达你所寻求的答案。

　　然而这样的追寻自然并不容易，林语堂深知，这个重铸中文灵魂的伟大工程，除却自己没有人能完成。为此他荒废了日常的研究与著述，埋头抄录历代不同版本的字典，考察人类已知的每个中文字，敲击、闻嗅、舔舐，用不同的方式探寻潜藏于中国文字底层的法则。如此痴迷苦行十数年，林语堂对中国文字每个缝隙都了然于心，终于发现中文的一以贯之之道。

　　然而这艰难的成果只是第一步，林语堂知道，理论与实践的距离同样遥远，不少前行者搁浅于此，如今他必须格外谨慎。为了做出真正实用的打字机，林语堂重金聘请一名意大利工程师，专门为中文打字机制作设计图与特殊零件。这位不愿具名的工程师来头不小，他的老师正是发明出第一代分析器、现代计算机的始祖 Charles Babbage（查尔斯·巴贝奇）。Babbage（巴贝奇）对未来世界的伟大想象因为超前于时代而落败，门下弟子四散，怀抱满腹野心无处发挥。林语堂在因缘际会下找到了其中一人，两人一拍即合，共同投入中文打字机的伟大工程中。

到这个阶段，制作打字机不仅仅是智力的战争，同时也是吞吃钱财的无底洞。林语堂散尽半生累积的家财，把自己七八本畅销书的版税全都投入，还四处欠下庞大债务，以疯狂的热忱执意要完成这件不可能的创作。

林语堂说：一点痴性，人人都有，人必有痴，而后有成。

他的执念，最终具现为我们眼前的这台机器。

打字机高二十二厘米、宽三十五厘米、深四十五厘米，大小接近一个小型保险箱，在光滑的灰色铁皮下，机器的核心是一套重重叠叠的滚轴，上面密密麻麻地嵌满字模。这座人类文明中最精巧的机械，就立基于这样一个小小的字模，林语堂以二十九个字模为一面，装入一个有着八面的小滚轮，每个滚轮共两百三十二个字模。两百三十二个字模组成一个小滚轮，和其他五个小滚轮一起被装在更大的中滚轮里面，如同卫星环绕行星运转；六个中滚又合为一个大滚轮，如同行星环绕恒星公转。如此，七千多个字模按照各自的轨迹运行，互不侵犯碰撞，又能交叉结合而成九万多字，形成一生生不息、和谐完整的宇宙。

林语堂成功地将一个宇宙收拢到小小的打字机里，然而宇宙再怎么宽广富饶，若不能为人所用终究毫无益处。这时林语堂潜心钻研多年的文字法则派上用场，他统计出中文字只有三十二种可能的开始，以及二十八种可能的结尾，因此独创"上下形检字法"，只用六十四个按键就能调度整个汉字的宇宙。

完成后的打字机键盘横列各种奇特笔画，每个按键都对应中文字形的一角。打字人想好自己想要的字后，分别按下左上角和右下角笔画，机器便会转动内部轮轴，宇宙的齿轮相互咬合调动，自七千多字中选出符合条件的八个候选字，呈现在名为"魔眼"的小窗格中。打字人把自己的眼睛和"魔眼"对视，按下对应的数字键，心中所想的字就跃然纸上。

完全不需经过任何训练，任何人从起心动念到写出文字，只需要三个按键。

先生发出满意的叹息，他说：林语堂的打字机是我们时代最伟大的发明，不止是因为它造福海内外四万万同胞，证明中文也能被机械的口舌言述，也对数十亿不谙中文的人们张开双臂。过去中文繁复得不合时宜的字形、笔画和读音，如今都被浓缩为三个按键，每个人只要略懂中文，就能轻松写出汉字。

林语堂宣布："人人可用，不学而能。"中文即将装上蒸汽机火车头，迅速成为所有人都能掌握的语言，收复过去的失地，击败前头的竞争者，中华文化的复兴紧接其后。

我对先生的话再次感到怀疑：不就是一台打字机，有那么夸张？

先生不耐烦地回答：后来的人经常忘记，在事情还没发生之前一切都可能发生。实际上，当时的人对林语堂的愿景深信不疑，那个由林语堂请来协助制作打字机的意大利工程师，Babbage（巴贝奇）的弟子，看见打字机成品的能力后甚至起了贪念，宣称自己才是中文打字机的发明人。最后还是林语堂花了好大的功夫，动用律师周旋良久才摆脱他的纠缠。人人都关注林语堂的打字机，原型成功造出后，世界上最大打字机生产商雷明顿主动接近，他们对林语堂的发明深感兴趣，希望林语堂能为他们展示中文打字机的能力。

那时，所有事情都在正确的轨道上，林语堂一步一步地接近他的伟大理想。

大雨滂沱的早晨，林语堂穿上最好的西装和白衬衫，用油布包裹打字机，带着他的女儿到曼哈顿的雷明顿办公室。打字机专家和公司经理正襟危坐，这一幕他们已经演练了无数遍，一阵寒暄以后，林语堂当众缓缓解开包藏中国命运的油布，在众人的赞叹中请他的女儿前来演示。为了防止作弊，她请雷明顿的经理随便说一个词，然后信心满满地按下第一个键，第二个键。

她把眼睛凑向魔眼，却什么都没看见。打字机出故障了。

林语堂抢上前去，他再试了一次，又试了一次，打字机毫无反应，魔眼里一片空白。众目睽睽下，林语堂满头大汗地拆开机器、检查各个零件的位置、上油、校正……所有能做的事都做了，按下按键，打字机却还仍静默不语，完全不回应林语堂在心中的呼救。

对不起，林语堂向众人这样说，然后把打字机重新裹到布包里，仓皇逃出办公室。曼哈顿的天色铅灰，有大雨落下。大雨落下，先生的声音湿润颤抖。

打字机为什么会忽然坏掉？有段日子林语堂陷入阴暗的消沉里，不停地思索是哪个环节出了问题。明明已经演练了数百次，出发前还特意逐个零件仔细检查，到底是为什么呢？他一度怀疑，或许是那个意大利工程师动的手脚，但又苦无证据，迷惑、悔恨与挫折啃噬他的内心。

所幸林语堂的忧郁并未持续太久。打字机所留下的庞大债务黑洞，以及当时中国面临的危难，都让林语堂被迫投入新的战场中。数年后林语堂贱卖打字机的专利，重新回到正常的生活，继续读书、研究、写作。

打字机成为一场过去的梦魇，林语堂不再提起，他的家人也都避谈此事。刻意遗忘的结果，那架凝聚林语堂半生财力与智力的机器，最后竟然下落不明。

林语堂的女儿后来回忆，或许是某次搬家的时候不小心丢掉了。

先生，眼前这台机器是林语堂的打字机吗？

先生说：这是林语堂的打字机，这也不是林语堂的打字机。

我问：我不明白你的意思。如果这是林语堂的打字机，它为什么会跨越半个地球来到马来西亚，在我弟弟的房间里出现？

先生回答：因为林语堂也曾下南洋。

先生说：在林语堂因打字机而深受打击之际，新加坡南洋大学来信，邀请他出任创校校长。那时南洋大学刚刚成立，作为东南亚唯一一所华文大学，肩负着重要使命。创校校长的任务艰巨，因此迟迟未找到合适人选。

接获消息的林语堂再度燃起久违的热情，打字机的阴云笼罩他的生活，下南洋去重新开始新的事业，似乎也不是坏事。南洋林语堂想起故乡厦门，当地过番的人多，亲戚里甚至有人能以马来土话对谈，遥远的南洋焕发着温暖的光晕。于是在一九五四年，林语堂抛下一切，携带全家人下南洋，意欲再作一番大事业。

出发之前，他悄悄地将包裹着打字机的油布包也装到行李箱里。他想，或许在华洋夹杂的南洋，打字机会和他一样，有再次重整旗鼓的机会。然而南洋生活并不如他想象的顺利。

林语堂一抵达港口，马上就发现众人对他的敌意。南洋华人早已深受敌人渗透，他们指控林语堂是美国派来的傀儡，处处都流传不利的耳语。林语堂想要伸展拳脚，但每一个动作都被紧紧牵制，加上校舍、师资和筹募资金等各种琐事缠身，林语堂满腹鸿图连开始的机会都没有。

各方势力的压迫绞杀，林语堂竟然撑不过一年就黯然辞职。

南洋之行轰轰烈烈地开始又草草结束，一辈子骄傲的林语堂，短短数年间竟然接连遇上前所未见的羞辱。离开学校之前他独自关在办公室里收拾家当，在角落的行李箱中，发现那台还没有机会从油布包拿出来的打字机。

他把打字机放到桌面上，看着这台叫他倾家荡产的机器，忍不住相信打字机带有某种诅咒。文字是神圣的，仓颉造字时天雨粟，鬼夜哭，林语堂以区区凡人之身拆解重建数千年的古老符号，是否也在无意间触犯了什么不祥的禁忌？

他的信仰和学问，不允许他做这样毫无理据的推论，但心里却惶惶不安。林语堂满脑子被荒谬的神话充斥，甚至想要装作一时疏忽，将打字机落在这里，再也不带回去了。正胡思乱想着，秘书敲门进来，面带疑惑地说有个奇怪的客人来访。

门外是一个蓬头垢面的外国人，一进来就紧紧握住了林语堂的手，开口用华语说："我对不起。"

"是你？"林语堂定睛一看，来者竟是当年帮他制造打字机的意大利工程师。

"原谅我。"工程师满面愁容，他告诉林语堂，当年两人不欢而散之后，他心有不甘，想要靠自己的力量发明出一台完美的打字机，以此彻底打败林语堂。他日以继夜地努力，直到自己和林语堂一样倾家荡产后才终于醒悟，没有林语堂的协助，空有技术的工程师不可能做出更好的打字机。因此当他在报纸上看到林语堂于南洋受挫的新闻，他知道那是自己最后的机会，用仅有的积蓄买了单程船票，远远地追到南洋来。

他告诉林语堂："我需要你，就像你需要我。"

他帮助林语堂知道，如果两人要重新夺回名誉和财富，他们需要互相合作，以彼此的理论和技术做出更伟大更轰动的事物，洗刷过去的耻辱的记忆。中文打字机已经没有意义了，他们必须做出一台完美的打字机。听到这里，我问先生：完美的打字机到底是什么？

听到这样的问题先生变得兴奋，他说：完美的打字机必须抛弃文字，直取人类的意念。

先生的语调逐渐高亢，他说：究其根本，打字机打出文字，终究是为了以文字传达人的意念。然而正如物理法则所揭示，每次转换都必然经历耗损，越是复杂的概念就需要越长的文字，越长的文字又带来越严重的耗损。这些穿越文字的意念因此必然残缺疲弱，人与人之间的沟通也因此永远不可及。

我们终于发现，打字机的技术不管再怎么先进，它也不过是一台效率奇差的对讲机。

但完美的打字机不是这样，完美的打字机绕过文字而直取意念，如此，它脱离文字与语言的枷锁，不再在乎什么中日英俄法，所有的意念在这里都平等地融为一体，再完整无损地传达给下一个人。

我对先生说：我的疑惑终于得到解答，我眼前这台就是完美的打字机。所以明明是个中文文盲的我，却打出了记录我们之间对话的大段中文字。当我一碰到打字机的键盘，我脑海中每个思绪的声音都开始说起中文，那个文字仿佛强硬地被设定成为我的母语，我的手指自然地在上面跳动，不断打出我前所未见的句子，这就是林语堂所说的不学而能吗？这难以解释的现象，就是完美打字机的奇妙功能吗？

先生告诉我：不不，你所经验的不过是雕虫小技，它顶多只是阶段性的成品，离完美的打字机仍有一段距离。

我这样说好了，完美打字机要达成两个目的。首先要能了解人的意念，再来则是精确地表达该意念，因此完美打字机必须了解我们意念的每个缝隙。更具体地说，要做成一台完美的打字机必然会经历几个阶段。第一，打字人想出一个字，打字机自动接成你想要的词。更成熟一些后，打字人打出第一个字，打字机就能够接上你心中所想的完整句子。更进阶一点，打字人打出第一个字，打字机就完成了一整个段落，然后是一整篇文章，然后是一整本书……心有灵犀，那是完美打字机的第一阶段。

这个阶段的打字机已经能完整包裹人的意念，但它仍不脱文字与语言的枷锁，意念与文字转换间的耗损仍顽强拮抗。我们最终的目标是，打字人还没有开始书写，打字机已经对我们要说的话了然于心，它妥善地包起这个意念中每个情绪与感官的起伏和皱褶，接着完好地送给接收者，在对方脑海里散开包裹，完整地消融在另一座意识之海中。

毫无摩擦力的真正完整的沟通，那才是完美打字机的使命。

我摇头：这样的打字机真的有可能做到吗？

先生微笑：现在的人经常忘记，在事情还没发生之前一切都可能发生，就像在林语堂的打字机尚未出现之前，也没有人相信真正的中文打字机会真的存在。实际上林语堂早已揭示完美打字机的关键诀窍，正如发明中文打字机必须先掌握中文字之道，完美的打字机既然以人类的意念为根本，就必须掌握意念的核心。

那什么是意念的核心？我问先生。

先生沉吟良久，然后他说：此前你的所有问题我都尽所能回答，但从这里开始我没有十足把握。林语堂和工程师至死仍无法确切掌握意念之核心，然而我们认为，答案或许是痛苦，人的意识以痛苦为核心。

那不是指刀割火烫，裂胆剜心的肉体之痛，而是白日间灼热的记忆，夜夜侵扰不断的梦魇，深植于意念最深处的创伤零地点。我们相信那即是意念的胚胎，它蕴藏人一生所有的选择与结果，预定了每个行动和言说可能的演化方向，因此就像挥之不去的诅咒，他让我们犯下明知后悔的决定，又为了弥补错误而形成更大的伤害，如此交叉繁衍出万万种人性面貌。

如此，只要回到本源，掌握足够的痛苦意念的典型，就像打字机以三个按键召唤世界，完美的打字机将能以部分达致整体，穷尽所有的意念，完成所有可能的沟通。

先生将他不存在的目光转向我，我感受到他灼热的欲求，他说：我知道你也深受痛苦意念的折磨，你与自己的母亲和兄弟相刃相靡，永远无法止息。但只要你将自身最为苦恼、后悔与不堪的经验交付于我，我愿意把你母亲与兄弟的语言借你，教你听懂暗藏于他们心中的意念，为你找到所有问题的出路。

先生说：你需要我，正如我需要你。

先生的话让我惊惧，我感觉到自己的手指正在颤抖，迟迟无法按下下一个按键，我不知道自己是否应该相信他，最后我问：先生，你究竟是谁？你是如何知道这些故事，以及故事中不为人知的细节？

滔滔不绝的先生沉默不语。

所以现在我转向你。

我想在你那里，打字机或许已经演化为不一样的样态，然而不管是键盘、计算机、雪柜甚至是一张白纸，外形并不重要，重要的是里面的东西。

打字机里面的先生不愿意透露自己的身份与性质，因此我们无法确定他究竟是人、是鬼，还是设计精密的程序。说实话，我也不敢确定自己忽然学会书写中文的能力，究竟是出于林语堂和意大利工程师的精妙发明，抑或是两人怀抱凶猛执念的幽魂。

当然，或许诸多解释中可能性最大的，是一切都出于我在谵妄中产生的幻听和错觉。我近日确实因为母亲和弟弟的问题困扰许久，我所受的教育告诉我，长期的焦虑和忧郁容易引发神经衰弱。或许之后我该去看医生。

但现在我别无选择，我需要先生借给我的语言，以及他所许诺的出路。

往后我会开始书写自己的故事，如果在未来的你看到我的文字，如果那是清楚的中文而不是我假造的胡言乱语，你必须当我的证人。

故事的废墟

室友阿蔡告诉我，故事的盗取者必有矫健身手。

第一次听见这句话，我以为他正在说出一种隐喻，一种为他所卷入的抄袭事件而提出的借口。可是当我想起自己眼睁睁地看见室友阿蔡一跃翻上了两人高的围墙，坐在废弃的宿舍墙头上对我伸出手，我意识到那不止是隐喻。

"快进来。"向下伸长手臂的阿蔡对我说。

"天啊，阿蔡我们到底在干吗，我明早还要考英文而我还没念。"我伸出了我的手。

关于明天的英文，其实那才是这个故事里最重要的事。因为我在延毕的最后一个暑假，我硕士论文快写完才意识到前途茫茫，对于毕业以后的生活毫无头绪，于是我决定要先考个英文再说。毕竟再怎么说，对于未来，有个英文检定总是好的。

于是我上网查报名信息，发现因为自己报名晚，附近的场次全部都已经满了，最近的考场正好就是我在台北的大学母校。真麻烦，当时我一边这样想一边缴了报名费，脑子里一个一个清点大学同学的近况，想找个还在台北的朋友家借住一晚上。我因而想起大学室友阿蔡似乎到现在都还没有毕业，我因而想起了室友阿蔡。

室友阿蔡跟我在大学的时候曾经非常要好，那时我从马来西亚刚到台湾，我们刚成年，考上大学以后的时间忽然变得漫长。我们每日狂灌廉价啤酒，吐在房间的地板上，隔天骂咧咧地清干净，逃学打电动，去运动，去听激昂的演讲，骑脚踏车在台北的大马路上漫无目的地冲刺。

我还记得，大三的暑假有一次两个人回到宿舍的时候已经累到快爆掉，却莫名兴起强烈的执意，一定要先洗澡才肯睡觉。于是我们跌跌撞撞地到了宿舍公用澡间，发现澡间只剩下一间，其他都满了。于是我们两个人在门外推挤着，是抢夺卵子的两尾精子，进入唯一的澡间成为宇宙间唯一要务。我们先是猜拳，然后又赖账不认，开始比赛谁脱衣服比较快，结果难分轩轾，两个全身脱光的裸男站在澡间门口摔跤、对骂、互干，僵持不下。

那个晚上正好遇上寒流，我们没争几句就冷得受不了，于是决议用最公平的方式：一起洗。同卵双胞胎。我们挤进小小的澡间，隔间很小，回旋身体的余裕都不够，开关莲蓬头都一定会碰到对方的身体，当我的手臂擦过阿蔡的身体，阿蔡故意嗲声大喊："啊，杰哥不要这样！""杰哥你都故意摸人家。""杰哥不行了，里面都已经填得满满的了，快坏掉了快坏掉了。"

我说："妈的闭嘴啦白痴。"

门外其他等洗澡的人听见我们吵闹的声音，全都聚在我们澡间前面看热闹，他们说，干，要搞不要在厕所搞啊很恶耶。

看见门板下停驻的人影幢幢，室友阿蔡是受到鼓舞一样，他以最尖细的嗓音发出浮夸的呻吟声："杰哥你这样，人家会有感觉啦。"

然后他往前踩一步环抱着我，脚趾触碰到我的脚跟，嵌入。我反手推他回去：“滚啦。”

他撞到门板上，再次发出凄厉的呻吟。

门外的人起哄大笑，有人拿出手机往门板下拍。

室友阿蔡收到观众的鼓励以后更加来劲，他说：“哦？原来你喜欢粗暴的是不是？”然后他从背后用尽全力环抱我，室友阿蔡比我高大，我无法挣脱，我感觉到我的背部贴近他的胸前，细细的胸毛刺着我，他的乳头在我背上磨蹭。门外的几个人尖叫吹口哨，笑得更欢腾。我感觉到阿蔡的鼻息喷在我的脸上，我努力想要远离他，挣扎着大叫滚开啦废物，阿蔡兀自大喊：

“有没有感觉，这样有没有感觉？”

和阿蔡有关的记忆，大多已经随着时间流逝，最后黏着下来的竟都是这些乱七八糟的鸟事。不知道如果阿蔡想起我，那边的故事会是什么样子？从大三到现在，快七年了吧，那年暑假我们的破宿舍在地震以后裂开一道大缝，宿舍被鉴定为危楼，校方紧急把学生打散到其他宿舍去。那时候阿蔡回了老家，宿舍里只有我一个人，我们来不及好好道别就被分开。当然，偶尔还是会说要吃个饭、去他老家找他玩之类的空洞约定，但也从来没有认真地实践过。

离开阿蔡以后我意识到前途茫茫，拼死念书，到处跟教授求情，最后低空考上南部的研究所，在出社会之前暂时得到喘息。至于阿蔡，我们分开以后他参加了学校的小说社，迷上了文学，有段时间常常会看到他在脸书上分享自己写了什么小说，得了什么文学奖。一开始我还会在下面留言说"请客啦请客""强者我同学"之类的话，但我看不懂阿蔡写的东西（那些小说里面的故事不断跳跃，横生枝节，唠唠叨叨地东拉西扯），有时我因此觉得怪怪的，那么熟悉的阿蔡竟然有我那么陌生的样貌。我似乎从来无法进入阿蔡内里更深入之处。

但是随着现实的亲昵度逐渐消淡，写那些乱闹的留言也越来越显得尴尬。互动减少，算法将我们推送到不同的河道上，我之后也不常看见他的动态了。南部的太阳有家乡的气味，过去的事像河水一样迅速流逝，我所能投注的情感和记忆似乎有明确的分段，如果不是因为要考英文检定，我大概不会想起阿蔡。

英文检定，必须记得那才是整件事情的目的。我因为阿蔡而想起当时的大学同学，他在毕业后留在台北当记者，我想他应该可以让我留宿一晚上。我到脸书去敲他，在冗长的寒暄以后切入正题。记者朋友爽快地答应了。然后以某种电视剧般的巧合，他提起阿蔡。

记者朋友问我："对了，阿蔡最近还好吗？"

"阿蔡？我已经很久没有想起阿蔡，我不知道他最近过得好不好。"

"你没听说他被人告了？"

"被告什么？"

"听说他的小说全部都是抄来的。"

"那么严重？"

"被揭发以后就没有人联系上他，我本来想跟你打听打听的，毕竟大学的时候你们那么好……"

又是阿蔡。

因为记者朋友的话，我觉得我有义务联系阿蔡。然而我对文学一窍不通，大一的国文课以后就没碰过半本课本以外的书，因此我想在接触阿蔡之前应该先把事情梳理开来。我在谷歌上输入阿蔡的名字，非常惊讶地发现阿蔡这几年走得多远。穿过眼前漫长的"抄袭""陨落""剽窃""疑云"等条目之丛林，往后和阿蔡相连的形容词几乎全都是溢美的赞词：三十岁以下最受瞩目的小说家、天才少年、台湾文学明日之星、最会说故事的男人。

我点进和阿蔡有关的书评和专访，照片里阿蔡和我记忆中的样貌并无二致，他像停留在大学时代一样，头发乱七八糟地纠缠在一起，穿荷叶边的社团服和高中运动短裤。不过阿蔡虽然邋遢，但并不让人厌恶，他脸部的棱角刚硬，经常让我想起电影里颓靡的哲学家。

某个网络媒体的记者，在阿蔡引起风暴之前写了一篇长长的专访，将他视为下一个台湾之光。我点进去想要多理解阿蔡。那篇专访里面糅杂了许多同辈小说家和学者的说法，仔细地描绘出令我陌生的"青年超新星"之崛起。

专访提到，阿蔡在大四那年加入我们学校的小说社，写出的第一篇作品马上以其复杂奇诡而得到社团成员的一致好评，日后成为代代学弟妹朝圣的范文。同年，阿蔡抱回了第一个校园文学奖。奖项像信火①点燃阿蔡的熊熊创作能量，小说井喷般迸发，"像 AI 一样，蔡安以令人昏眩的速度生产出无数的故事，并且故事与故事之间从不重复，每每以令人难以置信的方式重铸、发明全新的合金。"阿蔡在短短数年间就写成了近百篇小说，不但横扫各大文学奖，连各样文学社课和文艺营里高傲的青年作家们互不相让的批斗，阿蔡的作品都逼得人们不得不为之折服。

　　"蔡安的作品无论从质与量上都为当代台湾小说带来又一次的宇宙大爆炸，故事在他的作品里以星球的尺幅融合、坍缩、引爆成经验的黑洞……"专访的字里行间不断流露出对阿蔡的崇拜。我想那位记者大概也曾经对文学怀抱某种伟大的梦想，或许甚至是从文学系毕业，走投无路后才转入媒体，忽然碰上了这样一个百年难遇的天才，激动之下文字也不免用力过猛了点。因此我大概也可以想象，当他们发现这个超新星和他的整个宇宙都是赝品，他们会有多么愤怒。

　　阿蔡的陨落有更多的故事，那大概是文学界十几年来迸发最大

———————————

① 即薪火。

的新闻，不同的人从不同的角度，拼凑出整件事的始末。一开始是有个文艺营的学员跳出来举报，说阿蔡的新书里，有好几篇故事都源自某届文艺营成果发表会上的学员作品。事情从这里逐渐发酵，越来越多人挺身而出，指出阿蔡不同的小说中似曾相识的影子，网络上有众人协力制作详细的比对表，赫然发现阿蔡的小说里的故事几乎全都是抄来的，每一篇都可以溯源到他人的故事上：一小部分是各种文艺营活动和社课中其他学员的故事，其他一大部分是抄批踢踢①或低卡②上的贴文。阿蔡像捡破烂的人一样在这些杂乱无章的故事里面翻找，这边拿一段那边摘一截，用几个意象把他们黏起来就当成一篇，改个名字拿去发表。

"这样做是不对的。"我这样对阿蔡说。

"没事的，如果有人抓到我们，你就说听到里面有人呼救，我们闯进废墟是为了救人。紧急状况就不算无故入侵了。"阿蔡对我说，"走吧，你难得回来看我，我带你回去看看。"

---

① 指批踢踢实业坊，台湾知名 BBS 论坛。
② 指 Dcard，台湾的一个匿名社交平台。

"不是，我是为了考英文才来的。"

为了考英文而到台北的前一天晚上我和阿蔡碰面，我们喝酒，在暗夜里翻过宿舍的围墙。阿蔡的身手矫健，但我已经喝了不少，脚步开始笨拙，从围墙上跳下时我扑倒在地上，闻到草的气味。

宿舍已经不是我原来认识的样子了，原来停脚踏车①和机车②的水泥地被杂草撕裂，从缝隙间生出一整片草原，每一步踩下去鞋底传来的都是水泥瓦砾闷闷的尖刺，脚底有熟悉的、杂草回弹的触感。

阿蔡说走吧，我带你看一个酷东西。我只能跟着他向前走。

没有光，我们只有手机的 LED 手电筒，照在凹凸不平的空间里切出深深的影子，地板不平，这样真的有够容易扭伤脚有够危险，我想着我明天被抬进考场的画面，开始觉得有点后悔。我明天要考试了，要考英文可是我英文本来就不太好，会报考英文是因为，他们说英文可能影响到我第一份工作的面试，他们说第一份工作是非常重要的。我已经延毕，履历上本来就不好看，我应该要好好准备明天的英文考试，这样第一份工作才比较稳定，这样以后的生活才

①　指自行车。
②　指摩托车。

会比较稳定，可是我的朋友阿蔡把我拉到废墟里。

我们沿着生锈的楼梯一层一层往上爬。

我用手机照向四周，暗影重重，大部分的东西已经清空了，一些床架和柜子被拉倒在走廊上。我看见门板和墙壁上有大大的涂鸦，地上有旧报纸啤酒罐和卤味塑料袋一类的垃圾，还有燃烧后焦黑的痕迹。显然我们不是宿舍变成废墟以后第一批进来的人，或者说，我不是第一批进来的人。

湿气厚重，所有东西都附上了薄薄的霉，地板的裂缝长出发育良好的杂草好像我们已经进入了热带，那里面很暗很安静，耳膜被脚步的回音震得嗡嗡作响像有蝉鸣。

我们踩过不同的垃圾、断掉的树枝和破碎的地砖，我谨慎地选择落脚的位置，但阿蔡是能在夜中视物一般，熟门熟路地，一步一步走向走廊幽暗的深处，带着我回到我们曾经住过的楼层。

我们停在过去的房间门前，阿蔡握着门把，对我说："后退一点。"

我不知所措地站在门前，不知道自己将要面对什么。

阿蔡旋开门把，身手矫健地向旁边跳开，手上的灯光晃动，我看不清眼前发生的事，只听到有嘎啦乒乓物品掉落的声音，听来像是铁器、玻璃、闷闷的布料被撕裂、塑料袋被揉捏，杂乱地在空洞的宿舍废墟里面回响。

一阵慌乱之后，阿蔡照着门口，我看见一大堆杂乱的东西从门的后面满溢出来，散落在地板上：灯泡、脚踏车、食物包装、试管、晒衣架。阿蔡踩过那些垃圾般的杂物，走进了昔日的房间里面。

我跟着进去，完全认不出这是同一个地方。房间从地板到天花板的每寸空间都填满了东西，笔筒、汽车旅馆的火柴盒、直立式熨斗、瑜伽垫、蝴蝶标本盒、打字机、一个装满精酿啤酒和烈酒的大冰箱、便利商店的报纸架、剧场用的大聚光灯、深蹲架（以及一整套杠铃）、饮料店封膜机器、槟榔摊招牌。那些你能想象得到的所有事物，全部层层叠叠地彼此勾缠在一起，被胶带和强力胶粘在墙壁、地板和家具上，统一为一巨大物事，将整个房间一点缝隙都没有地被填满，自然得好像，好像这些东西是房间自己生出的内核。

我问阿蔡，"这些东西到底是怎么出现在我们房间里的？"

"全部都是我干来的。"阿蔡得意地告诉我。

"你偷这些垃圾干嘛？"

"我想知道这里塞得下多少东西。"

阿蔡边说着，边爬上原来是床的位置，指着粘在原来是晾衣架的位置的新计算机，告诉我这是他写稿的地方。计算机屏幕亮着，我看见阿蔡打开的word档视窗后面是批踢踢的界面，我皱眉，问他："你又开始偷人家的故事了？"

"我哪里偷了？每一个字都是我自己写的！"

"可是故事是别人的啊，你没有问过别人就把东西拿来当成自己的，那就是偷。"

"读书人的事能算偷吗？你说说看我偷了什么，那些故事里有什么东西不见了？"

"你偷的是别人的生活经验，你不能把别人的经验占为己有。"

"经验要如何被偷？如果经验不能被偷，那我什么也没做错。如果经验可以被偷，那正正表示经验并不专属于个人，所有的经验都是公共的经验，什么东西都没有不见，我什么也没做错。所以真正的问题毋宁是，经验要如何被偷？或者说，我们还剩下什么经验？"

我心里知道不对劲，但我为阿蔡的话和他动作所迷惑，无法好好地思考。说这些话的时候阿蔡的手指飞快地在计算机上跳动，我看见 word 档里面的字符不断冒现突出，然而却都像乱码一样毫无意义无法阅读。阿蔡边打边说：

"就算我真的偷了什么好了，阿杰，故事的盗取者必有矫健身手。他必须从这些无聊的经验的废墟里面把日夜翻拣，把那些离婚的故事、抱怨考试的故事、考古题、消失的远古文明、对于厕所要不要加装监视器的争论、政治抹黑、发财的黑手、上班的时候偷偷开门进来的可疑房东、怦然心动的爱情长跑、一堂课只要四千块的美股投资标的选择秘籍、宿舍澡间的大便魔人、泰国森林的都市传说、死亡车祸求行车记录器、跑跑晕船达人……统统装进小说的容器里面，看见万物之间幽微的联结，用意象和情节加以黏合熔铸，将整个岛屿的经验变成我的经验，写出有史以来最长篇的长篇小说。你懂我意思吗阿杰，我要把我们的经验统统全部都吃下来变成我的故事，我要写的是一本真正的属于我们的伟大的作品。"

阿蔡在角落里挖出一本笔记本，塞给我说让我指教指教。我翻开来，看见里面印满密密麻麻的文字，那些字全部是重复塞进同一台打印机里，扭曲叠加四处跳跃全无章法，根本就是文字的大乱斗杂交趴、垃圾场、废墟，我什么鬼都看不出来。

但阿蔡还在我身后紧盯着我，我用力地收拢自己的意识，想要从笔记本里面找出一些意义来回应阿蔡。这时候我感觉到阿蔡从背后贴近，他跟我一起看着笔记上自己写的字，他贴得太过靠近但我忘了回避，他带着酒精的温热气息喷到我的脸上，我觉得昏眩，然后听见他问："有感觉吗？"

"啊……我不知道……我不太懂得文学……"

阿蔡对我笑，笑容里有似曾相识的熟悉感，我觉得哪里不对劲，但是说不出来，他说："没关系，你只要跟我说一个故事就好了，我的小说还需要一个侨生的故事。"

意识在废墟里撞击发散，我说："没有，我没有故事，我更不会讲故事。而且我明天一早要考英文，我应该回去念书了。"

"好吧。"阿蔡说，"谢谢你来看我。"

那天晚上的结尾，阿蔡带着我一层一层离开废墟。

他一路上意兴阑珊地翻找散落的垃圾。我心里仍为着刚刚发生的事而感到愧疚，我想或许这次回去以后，我可能再也见不到阿蔡了。

忽然阿蔡说，阿杰，你看看这个，他从澡间的垃圾里翻出一个装着液体的玻璃瓶，太暗了我们看不清楚里面到底有什么，是酒精吗？我问，阿蔡说倒出来看看就知道了。他打开瓶子把里面的液体倒在地板上，液体带点黏稠度，它停驻成一个小潭，亮晶晶地反射我们的灯光。它发出强烈的味道但是闻起来不像酒精。我这样告诉阿蔡，阿蔡说点起来看看就知道了，他从口袋里掏出打火机，点燃那潭精致的静止的液体。

液体沿着边缘缓缓燃烧的时候发出蓝色火焰和浓浓的白烟，好美，我说。

阿蔡拿捡起的旧报纸，试图去接住地板上的火焰，火被触碰时跳了起来，从地板上跳到报纸上再跳回到地板上，燃起更璀璨的光，也大概是这时候我们才意识到不对劲，火太大了，开始烧到旁边的垃圾并且不断冒出蓝色烟雾，我担心烟雾警报器会响起来，然后我想起这里不会有烟雾警报器会响起来。我试图往外走，然而大雾遮蔽了我的眼睛，我闭目，感觉到眼睛里有细小的尖刺，身体闷闷发热并且蒸出了汗液。

然后我在雾里忽然想起了一个故事，故事跟我高中时候一个很好的朋友阿安有关，我已经很久没有想起阿安，但是在浓雾里面我忽然想起她，当时我还在马来西亚的小镇上，镇上因为印尼的野火而烟霾满布，加上小镇里的洋灰工厂，当时的天空永远是白蒙蒙的，空气闷热得难以呼吸，上课时汗津津地贴着薄薄的白色校服，透出肉的颜色。

那天是我的生日，所以我记得很清楚，因为是高三冲刺阶段，为了以后能够考上好的大学，我们每天留校补习到傍晚。十八岁的第一天傍晚，我和阿安在放学后留下来值日，负责打扫计算机教室。阿安在计算机教室里对我说，生日快乐，我假装很帅那样跟她讲谢谢。我的意思是，装作若无其事地说了句谢谢，不过其实心里爽到要死，阿蔡你懂我的意思吗，心下窃喜。

我不确定那天我们一起值日是巧合，还是卫生组长的故意安排，因为那段时间我和阿安走得比较近一点，平常会一起吃饭一起搭车回家，假日也会约出来一起读书。不过因为阿安是男人婆，我的意思是，阿安是踢 ①，就是说剪很利落的短发，皮肤黑黑，因为练篮球所以又高又壮，有时她骂的臭话连我都不敢说出口，整个就比我还男人。我的意思是，集满所有刻板印象的铁踢 ②，所以当时没有什么人把我们凑成一对，我们的亲昵以好兄弟为名义。

　　因为我家里没有计算机，几乎每天晚上，我们用手机互相传简讯 ③ 到半夜。先是假假要问功课（好在那时候接近最终的大考，功课是真的很多），然后没问几句，就开始讲讲老师的坏话，讲讲一下心事，讲讲一下未来。那时候就是因为她，我每天都要去帮手机进钱，连吃饭的零用钱都不够，所以她用手机传钱给我，讲是当作我教她功课的补习费。虽然阿安功课很烂，不过她家里有钱，而且我们是兄弟，我这样说服自己，收下来了。阿蔡你要知道，我们住的地方很保守，那时候这些矫揉做作都是必要的。

---

① 即 t，指女同性恋中形象气质偏阳刚的一方。
② 即铁 t，指女同性恋中形象气质非常阳刚的一方。
③ 指短信。

所以十八岁的第一天，我听到阿蔡，不是，我说阿安跟我说，放学之后要给我看一样东西，我很难忍住说不要。所以我们在打扫完的那天晚上，又偷偷闯进去计算机教室了。其实这个不是我的主意，因为我一路以来都没有作恶的想象还有能力，我一路来只是被动，而且又乖乖听话地做别人叫我做的事情。我不是不羡慕那些真正很酷的敢不屑学校的人，不过我最多也只敢犯一两条无关紧要的校规，是不把衣服塞进裤子里，穿黑色而不是白色的袜子，那种真正被禁止的坏事我是没胆做的。

不过十八岁那天阿安说给我看一样东西，我就跟着他走了。我们打扫完后故意不锁计算机教室的门，假假把钥匙还给老师，然后我们在校园外游荡，等到天黑。阿安熟门熟路，她在学校操场后面找到一道比较矮的围墙，她先翻了过去，坐在墙壁上对我伸出手，也带着我翻了进去。

我问她怎么知道这种地方，她讲说你们乖乖仔当然不知道，我们三星仔都在这里翻出去学校。

因为大考接近，那时候所有体育课早就取消了，操场的草很久没有剪，热带植物长得很快，一大丛一大丛的杂草。我们低下身体，好像在荒野里面行走一样，每一步踩下去，鞋底传来的都是杂草柔柔回弹的触感，碎石子的尖刺顶住我们娇嫩的脚板。我们在烟雾缭绕的天空下面，安安静静穿过杂草丛，草里面有烧焦的味道，我们溜到计算机教室前，快快地，推挤着开门进去。

不敢开灯，我们在黑暗的教室里歇斯底里地大声笑。

阿安讲说，你不是讲想要买计算机吗？不要讲兄弟对你不好，今晚这边计算机全部包给你！我说谢谢大哥，等以后小弟发达了一定会带携你。

当时计算机对我来讲是非常非常有魅力的东西啊，因为那时候我们沉迷于一种练习打字的游戏，游戏里你开着一架战车，天上一直有写着字的砖块落下，上面写着灯泡、脚踏车、食物包装、试管、晒衣架之类的英文字，你要快快打出上面的字母才能把它炸掉。越到后面砖块落下的速度越快，那些没打中的砖块就会堆积在你身旁，最后它们全部落下来，把你淹没，游戏结束。

一开始没有玩几分钟就不行了，我打字打不快，巨大的砖头掉落在我的四周，很快就把我淹没在里面，我懊恼说自己技术不好。阿安说不是这样的，你要好好去感觉那个键盘。她握着我的手指，把它们放在正确的位置上，我其实被吓到了，但是我做出好像没有一件事的样子。阿安手指的触感比我想象的要柔软。

又死了几次，阿安说我示范一次给你看看，她拉过键盘并且把椅子凑得更近，我闻到她一整天没有冲凉的那种汗酸味，我有一种讲不出口的感觉。我低头，看见身旁高大的阿安穿着女生校服，胸部的地方微微隆起，我，当时我有一种讲不出口的感觉。

不过游戏开始之后就完全忘记这些事情了，我从来没有看过那么厉害的技术，阿安的手指好像有自己的大脑一样，它们每一只都飞快地在键盘上跳动，带动着阿安的身体跟着打字节奏轻轻摇动，阿安的两个眼睛死死看住屏幕，天际线的砖块才刚露出半个符号就被爆掉，手一滑，一口气消掉五六个砖块，我看到嘴巴都闭不起来。

太劲了你！太劲了你！我一直惊叹。

阿安得意地笑，她讲，湿湿碎①。

①　粤语，意为小意思。

我不知道我们玩了几久 [①]，我只记得阿安不停地打字的样子，空洞的声音在黑黑的房间里面噼噼啪啪响。我想大概打出一本小说那么多字的时候，阿安讲要不行了，不行了。那时候砖块落下的速度和数量都已经快到不可思议，密集到像墙壁一样，从天上掉下来，上面写着笔筒、汽车旅馆、熨斗、瑜伽垫、蝴蝶标本盒、打字机、精酿啤酒、大冰箱、便利商店、剧场、哑铃。阿安射再快都射不完。

我们情绪激动但又不敢大声，我在阿安耳边小声为她加油，我说多一下就好了，多一下就好，射快一点。不过阿安逐渐顶不顺了，她身边堆起高高的断壁残垣，上面全部都写着失败的符号，墙壁越来越高，然后墙壁塌陷，阿安被淹没在那座废墟里头，角色摇头晃脑举起白旗，在废墟里面哭出一滴假假的眼泪。

阿安好像激烈运动完一样喘着气。

还是很厉害了，我发自内心地称赞她。

她说还好啦，你像我这样不读书就有时间练了。

阿安让给我玩，但是看过她的表演之后我已经没有心想玩下去，

① 意为多久。

因为我意识到，就算我跟阿安一样苦练出这样的技术，最后的结局还是一样死在那个废墟里面，顶多就撑久一点而已。你懂我的意思吗阿蔡，那是徒劳无功的游戏。所以我开始觉得意兴阑珊了，只是因为不想扫阿安的兴，我盲目地看着出现的文字打字，随意地玩并且随意地死去。

不知道第几次死掉以后，阿安跟我讲，欸，你十八岁了耶。

对啊。

所以你是不是确定毕业后要去台湾了。

嗯，你呢？你有决定好要去哪里了吗？

我老豆叫我去爱尔兰。

爱尔兰在哪里？

其实我也不知道。

我们用电脑查爱尔兰的位置，然后用地图查爱尔兰和台北的距离，算两个地方的时差。爱尔兰的时间比台北慢了整整七个小时。很远啊，我说，当时我们的世界只有那个烟雾笼罩的小镇，七个小时之前的爱尔兰是难以想象的地方。

阿安说是啊，以后应该很难见面了。

她沉默了一阵子，然后说，所以，所以想做什么应该要大胆地去做，不要有遗憾。

我知道的，其实还没听到这句话之前就知道，我十八岁那年真正的生日礼物不是来玩玩计算机游戏。可是我不敢回应，我不敢确定我和阿安之间的关系，我假假看着眼前的屏幕，看了很久很久，好像要从混乱的游戏里面看出什么逻辑来一样。

阿安靠得更近了，我感觉到她的椅子抵住我的椅子，她的呼吸急促，我感觉到温热的暖流触碰我的脖子，她问我，你还有没有什么想做，又不敢做的事情吗？

我张口想要说出实话，却听到自己说，看咸片啊，你敢不敢？

阿安在暗中沉默了一段时间。

然后她讲，有什么不敢，小处男你自己想看你就讲啊。

我们打开了浏览器输入关键字。黑暗的房里只有屏幕上发出暗淡的光，照在我和阿安的脸上，煽情的女体和广告在屏幕上闪动，夸张耸动的标题直扑眼前，我们过分用力地笑闹，说这个你的菜啊，看不出来，原来你喜欢这种的。花了很多的时间，像在比赛一样故意挑选最重口味的片，女学生，轮奸，男同，捆绑。最后我们走到了搜寻页的最深处，找到一个集满所有标签的影片，点开进去。

穿着制服长着鸡鸡的"女生"被七八个男人猛烈地从后插入，抽动，鞭挞，扯头发，掐脖子。计算机没有打开声音，他面目狰狞，张口发出无声的呻吟，字幕上写着"要死掉了要死掉了"。

我们再也想不出什么话来讲。我听见阿安越来越沉重的呼吸，阿安身上的气息不断飘进我的鼻腔里。没有开冷气，我觉得浑身发热，烟霾从窗口的缝隙渗入，我身体慢慢出汗，唇干舌燥却不敢吞口水怕被阿安看见，甚至也不敢看阿安，只能死死看住屏幕里面的动作。里面的人开始拿各种日常生活用品塞进女学生的阴道里，铅笔、订书机、宝特瓶、香蕉、充电器、哑铃、车钥匙、橡胶水管、不锈钢汤匙、电玩遥控器……像在测试容器的容纳极限，不停在里面塞入更多的东西想知道它什么时候会真的坏掉。

我听见阿安说："你看这种东西有感觉吗？"声音干涩，听起来不像她的声音。

"假得要死。"我听见自己这样讲，声音也听起来不像我的。

看完一部，我说，走吧，明天还要考英文。

阿安说好。

我们把计算机关掉，椅子恢复原状，关上教室的门，重新穿越操场回到围墙边，翻过去，道别后各自回家。一路上我们几乎都没有讲话，一前一后地走，我走前面而阿安走在后面。回去以后我传信息，告诉阿安谢谢她的生日礼物。阿安说不要客气。

我意识到有什么正在远去。

不，阿蔡，故事到这里还没有结束，这里还可以塞下更多的东西，应该说，高潮要到了要到了。隔天我一边背着英文文法规则一边走到学校，发现学校大门拉起了黄色封锁线，有警察挡在前门不让人进去。

当天中午新闻就出来了，在我生日的那个晚上，母校发生创校百年以来最大丑闻：有女学生在校园里被奸杀。消息震惊了整个小镇，当时没有人知道究竟发生了什么事，我虽然心里有隐隐的不安，但仍无法预见将会发生的事，我必须老实说，当时我无法抑制地窃喜：完全没念的模拟考延后了。

晚间新闻给出了更多的讯息，其中一个嫌犯因为不堪良心谴责而自首，成为那个幽暗的事件里唯一回来报信的人。隔天母校上了头条，标题在母校的照片外大大写着"恐怖学校"，记者以没有必要的惊人的细腻笔法还原了整个事件的经过：受害者是住在学校附近的女学生，半夜里因为读不下书而独自出门散步，七名同样是学生的嫌犯在围墙边抽烟，见状起色心，将她制服之后带着她翻过了围墙（少年暴徒们身手矫健），一路从操场拖行到学校计算机教室（久未修剪的草坪有明显的行走痕迹），然后撬开了教室的锁头（以极为熟练的手法），还好整以暇地开了冷气（离开前没有关掉），在里面（以不适合为本报读者描述的粗暴方式）轮奸了女学生。

另一份小报，更详细地描述女学生尸体上如何遍布伤痕，他们如何以各样文具、教具和电器用品，像在做什么实验一样插入，填满她的阴道，直到她死去。

校长被约谈，学校来不及办毕业典礼就迅速地被关闭，我们要应考的学生被打散到临近的学校去考试。几年后我回家过年，开车经过母校，透过围起来的破败栅栏看见里面已经成了一片废墟和荒野。

自此我和阿安再也没有见过面，我也从未向任何人提起这件事。

阿蔡我说过，我的记忆有明确的分段，过去的事马上像水一样飘然流逝。但我没有说的是，阿蔡，我偶尔，非常偶尔地在我晚上睡不着的时候会忽然想起这件事，然后内心会忽然兴起惶惶的不安。

我从来不对人，包括你，阿蔡，说起这件事，原因是，我一直无法理解那些事与事、物与物的关系。一方面来说，我和它们当然一点关系都没有，这里面没有因果，就只是巧合。就像星座的运行之于我们的命运，我们只是刚好在相似的空间、时间、人物和幻想的情节中偶然相遇然后旋即分离。明明什么都没有发生，我凭什么要为此而被迫感受到些什么呢？

所以阿蔡我决定拒绝这样的感受，我拒绝为其负上责任，拒绝被塞进同一个故事里，拒绝被松散的意象黏合，拒绝与事物成为一体。现在我要别过头去，逃离这里一如我当时逃离那个烟雾笼罩的小镇，遗忘阿安一如我遗忘你，将记忆切成明确的分段，让过去的事情如水流逝，并且努力记得英文单词和十二种时态变化。

我想起明天的英文检定，完蛋了我还没开始念，不知道现在几点了？

意识沉沉地回来，我听见阿蔡问我："有感觉吗？有感觉吗？"黑暗中有人拍打我的脸。背部躺在尖锐不平的地板上，四肢麻木，钝钝地感觉到有人在触碰我身体各处。眼睛刺痛，我不知道自己是否并未打开眼睛，还是四周暗得什么都看不见，只听见阿蔡不停问我："还好吗？这样有感觉吗？有感觉吗？"

"我不知道……"

我想起有些化学物质燃烧后的烟雾会腐蚀眼球。我担心自己的眼睛会再也看不见，所以我用力地紧闭眼睛，想起明天的英文检定，惨了我还没开始念，不知道现在几点了？

乐
园

关于故事的开头建国所知不多，父亲失踪之后，原来他以为自己知道的事也静悄悄地滑流松动。像那些无良开发商盖在沙质土壤上的房子，人们在里面吃饭、做爱并且清洗厕所，多年以来的日子相安无事。某一天他们如常回家，发现房子似乎有哪里不一样了。他们不安地上下敲打倾听，感应到墙壁内饱饱地装满尚未绽开的裂痕，但他们找不到问题的来源。夜晚他们惴惴入眠，连打小孩都不敢用力。然后等到第一道裂痕露出墙面，房子四肢瘫软，他们才发现来不及了。

多年的经验告诉建国，要解决问题必须要从头开始。而且要快，不然就来不及了。

第一件可以确定的事：建国从小就没有母亲。一个母亲的消失可以有很多原因与方法。譬如说癌症，或是车祸这类带有肥皂剧感的消失方式；又或者说另一种更戏剧化一点的，母亲跟别的男人跑了。再不然也有可能是生下建国的时候难产死的？童年坐在空荡荡的房里，时间很长，建国无数次模拟这些母亲消失的情境。在这无数的可能性里，究竟哪一种才更贴近真实？每次问起，建国父亲脸色铁青，抿着薄薄的双唇不说话。

建国的父亲沉默寡言，尤其不喜欢提起过去的生活。不过建国知道这是情有可原的，毕竟他带着小孩四处漂流，当了一辈子鳏夫，换作是建国也会对世界感到疲惫。

是因为这样才失踪的吗？

父亲的家乡在哪里？从这里开始问题的答案已经充满变量，根基摇摇欲坠，建国只能尽量猜出一个大致的答案。印度人萨拉华迪教会他从口音辨识来历的方法，他仔细回想父亲的口音，推测家族的祖辈应来自马来半岛的北部，然而建国最初记忆的城镇却处于马来半岛的最南端。建国想象父亲如何拖着孱弱的身体和年幼的孩子，四处游走打零工，这样磕磕绊绊地一路往南迁徙。

父亲身上没有几个钱，幼年的建国因此经常感到空空的饥饿，以及维持至今的浅眠习惯。不管当天工地里的工作多累，夜晚只要有一点动静他就会被惊醒。他凝神倾听老鼠跑过屋顶的脚步声，在暗中睁大眼睛，以为自己会看到年轻的父亲的脸，父亲叫幼年的他起床，他们所有的东西都已经装在行李箱里了。

频繁地搬家，从一个城镇到一个城镇，谨慎地避开所有大城市。建国推测搬家的原因是缴不出房租，两父子拖欠数月后，漏夜从房里逃走。但有几次搬家前建国听见父亲和房东压抑的争吵："不要连累你们……"他们用低沉的声音快速地说话，那些难明的语句在空荡的房里扩散，建国将耳朵贴在门板上努力想要听懂，最终却仍徒劳无功。

一路向着南方迁徙，有时甚至几天就会换一个地方，简直像在逃难一样。

现在才意识到，或许真是在逃难。

然而建国从未因此怪罪父亲。因为如果没有经历如此频繁的搬迁，建国永远不会遇见游乐园，为此建国一生敬畏命数的冥契。那天晚上建国独自在房里幻想母亲化身木兰离家，房东焦急地赶来，问幼年的建国爸爸在不在家。父亲不在，房东又站在门外抽烟，坚持要等父亲回来。傍晚父亲回来以后，建国听见在门外争论了几句，然后他们又再次拖着行李箱走在大街上。

幼年的建国看着路上来往的人，他问父亲："我们要去哪里？"父亲没有说话，他们站在陌生的小镇街道上踟蹰不前。太阳刚下山，暗夜聚拢建国来不及熟悉的小镇街道，他抬头看着天边最后一道火红的云，试图判断现在的时间。

这件事带有一丝神迹的味道，最后一抹艳红从西边消失以后，建国看见天生异象，有巨大的光柱从远处穿透夜空。光柱徐徐滑动，在浓密的云层里画出白灼的痕迹。

幼年的建国指着那道光，他问父亲："那是什么？"

父亲脸上有异样的神采，他久久地凝视远方的光，然后拉着行李箱和建国，缓缓地走向光源。

他们随着光走出城镇，吃力地在杂草蔓生的小路上行走，郊外街灯稀少，光的质地变得更加坚实且清澈。现在他们大概可以判断光柱的来源，那是镇外的一块荒地，荒地上空如今泛着阵阵光晕。当他们慢慢走向光柱的所在，身旁的人也越来越多，人群像暴雨后夜晚的大水蚁群，着迷地向着房子内的灯火振翅聚集，他们骑着脚踏车、机车或走路，以不同的速度趋向光柱的核心，渐渐开始听见闷闷的音乐声响，然后声音越来越大，声音与心脏的节奏共振，牵动着心跳的节奏。

快到了，快到了，建国小小的心脏用力地搏动，他听见扛行李的父亲气喘吁吁，父亲手掌微微发颤。快到了，父亲说，快到了。

一个转角之后，他们被荒地上的庞大景象淹没。

在荒地的中间凭空生出一座游乐园。整整三层楼高的摩天轮简陌地挂着十二个铁笼，绑在上面的一串串小灯泡卖力发光，每次闪烁就变一次颜色。机芯旋动，大小部件一起嘎嘎作响，但那些可怕的声音轻易被旁边的旋转木马音乐所淹没。七八只装饰华丽的木马、骆驼和老虎牵引目光，它们随着音乐节奏上下晃动，绕行圆柱飞奔。圆柱上画着几个只用叶子遮住下面和乳头的白人，但那些理应香艳的画作已经油漆斑驳，眼力再好的人也只能看见下面红铁色的基底。园里的事物似乎都布满铁锈，游戏摊的小钢圈，扔出去以后手掌残留着淡淡的腥味。钢圈撞击玻璃瓶口时会发出清爽的声线，爆米花摊的焦糖沸腾的爆裂声，甜腻的香气，广播台前放了半人高的爆米花袋子，一个印度妇人抓了一大把爆米花，用六七种语言和方言送出电子音乐和走失小孩的名字。

这样一个破烂地方，竟然可以装下那么多浓缩的欢乐，建国即使在最疯狂的梦里也无法想象。光线和空气中隆隆震动的音乐互相摩擦，建国头昏目眩，他贴近父亲的手臂，感觉到上面的汗毛根根竖起。

游乐园的门口有售票亭。父亲走了过去，他跟着人群排队，一点一点地靠近入口。小建国双腿因为走了太久而发抖，他知道父亲穷，但忍不住偷偷地希望他能从某个口袋的夹缝里，摸出几个刚好够买门票的散钱。只要能进去看一次，他向着初识的幽冥之神祈愿，只要能摸一摸那些色彩斑斓的宇宙飞船珒，他愿意这辈子都睡在荒地上。

终于轮到父亲时，建国抬头仰望，看见父亲难得地堆起笑脸，早生的皱纹从脸的四处裂开，父亲问售票员："你们还要请人吗？"

售票员打量父亲一眼，然后转身大喊老板。

那时候经济起飞，人人急着想要花掉手上的钞票，巡回游乐园因此开始在半岛流行起来。巡回乐园是会迁徙变化的生物，那些焕发着艳丽之光的大怒神、旋转木马、海盗船和宾果摊，全都可以拆卸折叠成一块块巨大的零件和生锈铁架，装进四五辆货柜车里载走。货柜车队在半岛上徘徊游牧，寻找下一个可以停留的市镇，然后他们清出一块空地，再次把货柜里的东西一一倒出。摩天轮架起后缓缓转动、聚光灯挥舞，熟悉的荒原里忽然升起一座乐园，像梦境般魅惑整个市镇的大人和小孩。

游乐园生意正需要大量的人力，但愿意应征的人很少。工钱低还是其次，光是要跟着乐园这样常年到处乱跑就不是每个人都愿意干的。不过这对建国父亲而言当然不是问题，他在货柜车改成的办公间里跟老板聊了一阵子，两人一拍即合，当天就在乐园里面住了下来。那天幼年的建国在乐园关闭以后，跟着老员工巡视他巨大的新家，压抑着快要爆炸的心跳向诸神还愿。当时他当然不知道会这样一直待到老去，看着游乐园从大热到渐渐死亡，以及父亲的消失。

不过这是后来的事了。

（在父亲遗下的物品里翻出一份油印的小书，封面用红字题着字迹模糊的《论持久〇》^①，内页墨迹斑斑，封底潦草地写满笔记，建国不确定那是不是父亲的笔迹。）

不过那是后来的事了，这时候父亲才刚刚进入游乐园。

父亲在游乐园里的工作名义上是司机，不过因为人手不足，忙起来也要做售票员、游戏摊摊主或是到鬼屋里面扮鬼。可是心水清澈的老板留意到父亲对游乐园的机械很感兴趣，遇到技工来保养机器，向来孤僻的父亲竟然会主动跟人家攀谈，这边问问那边摸摸的。

---

① 《论持久战》。

后来园里的机器有什么小故障，老板就叫建国的父亲去试试看，没想到每次都能顺利解决。甚至连技工都没办法处理的报废机器，父亲还能自己研读破旧的英文说明书，精准地找到毛病所在。

老板知道捡到宝了，从此以后把园里所有维修保养的工作都交给父亲去做，连维修费都省了下来。乐园老板的年纪其实也和建国的父亲差不多，家里因为做树胶生意赚了大钱，所以年纪轻轻就被送到英国去留学。酒后心情好，他把建国抱在膝盖上，把大片的虾饼送到他嘴里，说自己年轻时候的风流韵事。说他在英国怎么样跟着一班马来贵族到处鬼混，踢足球、玩女人、赌桥牌，一直到家里气得断了金援，被学校退学才舍得回来。

回到马来亚以后正苦恼被父亲管得死死的，没想到刚好赶上巡回乐园的热潮，老板趁机借口要自己创业，砸下重金从英国运回来一批二手游乐设施，从此在马来半岛四处逍遥快活。

"所以说，"脸色红润的老板拍了拍小建国的背，"不去上学也没关系的，阿国认我做干爷，以后跟着干爷找吃就好了，读什么书？你老爸读那么高也没用是不是？"老板大笑的时候肚皮震动，建国咀嚼着嘴里的虾饼，偷看旁边父亲的神色。父亲满脸惊慌，拿起啤酒罐抢着向老板敬酒。

那些远道而来的笨重器物显然已经有了年纪，因此父亲的工作相当繁重，几乎一整天都埋首在机械里头。锈迹像壁癌般爬满器械外露的表面，需要不断上油补漆，把音响声量开得最大，才能勉强掩盖机器运转时年老力衰的呻吟。建国跟着父亲帮头帮尾，看见剥落的漆皮露出三四种截然不同的颜色，像地质断层一样指向它们的前身，拆开外壳，铁器的内脏里烙印着各样看不懂的文字及号码：Wonderland，Happiness，Fairytale……那是乐园历任主人的印记，耗尽各种描述欢乐的字眼为自己的乐园命名，然后破产变卖，下一任主人又绞尽脑汁地召唤出更强大的名字，以求覆盖它们原来的厄运。

在众多的符咒之中出现最频繁的字眼是 EDEN，带着蔓藤花式的字样在每一件器物上都找得到，建国猜想这是乐园下南洋之前最后一个名字。EDEN 主人像是着魔一样，把烧红的印记胡乱烙印在机器各处，甚至凌乱地盖在之前的名字上，在铁器心脏里熔成一片血肉模糊的伤疤。但那都是过去的事了，破败的 EDEN 下南洋以后，新的老板用三个名字镇压它的厄运：中文叫乐园地，英文叫Paradise，马来话叫 Jannah。

白天以生锈铁器拼装而成的废墟，到夜晚就一洗颓相。他们抽打灌满柴油的发电机，催逼它发出低沉竭力的闷吼，把灯泡和聚光灯开到几近烧熔的极限，喇叭声量嘶哑破裂。然后时间开始了，乐园的零件齿轮吃力地转动，召唤往日巨大的绚丽幻境。那是巡回游乐园的黄金年代，只要一开场就有源源不绝的客人，管你是马来人华人还是白人，只要付钱就可以进入这个浓缩的欢乐之中。

在竞争激烈的行业里，鬼屋是这座乐园最大的卖点。那是乐园地里最新的设施，里面只有一个 EDEN 烙印工整地按压在马达内壳上，主人花费了极大的心力将它打造成一个依照《圣经》改编的真实寓言。那里面没有什么乱七八糟的僵尸吊死鬼木乃伊的，鬼屋的入口是一片黑暗混沌，客人脚步畏缩地不敢前进，然后有声音说"要有光"，忽然就灯光刺眼，众人意识到自己身处莽林之中，树后面有个没穿衣服的金丝猫在喂男人吃苹果。

　　有轻浮的年轻人大声开黄腔，人们笑闹着，互相推挤着往前走。走了一小段，队伍后头忽然跑出几个全身涂成红色的壮汉，那几个人头上戴着牛角，对着众人哇哇乱叫，大家笑着叫着往前跑，却发现自己陷入镜子的迷宫里。灯光忽地变暗，喇叭发出雷声隆隆，电光闪烁，那些红色的魔影在四处蠢动，胆小的小孩尖叫哭泣，他们想要往前却不断被自己的倒影撞上，有人跌坐在地，大人推挤着彼此大骂，"不要推！不要推！"

　　好不容易走出迷宫，又踏进一片满是红光的小房间，强烈的红漂去了所有人身上的颜色，暗影重重，人们被后面的追兵逼得走投无路，唯一可以前进的方向是一道独木桥，桥下是红色的鲜血湖泊。有声音说："这是我的血……"每个走出鬼屋的人都心有余悸，他们恍惚看见外头欢乐的景象，产生已经死过一次的错觉。回家以后他们连续几个晚上在睡梦中惊醒，躺在没有灯光的床上，顿觉世界飘渺远去，为此生的罪孽感到焦虑，又为活在真实的世界感到庆幸。

　　那是 EDEN 主人最后的设计。

　　当然，这样的故事不可能在马来西亚上演。老板为了避免马来人搞搞震，势必要对鬼屋进行一番改造。然而鬼屋的构造相互牵引，要做任何细小的改动都牵连甚广，在苦无对策的时候，父亲提出了扭转乐园未来的计划。

父亲的改造计划说来十分简单，鬼屋原来的机械和道具全部原封不动，只将声效和对白重新配置一遍。老板调动过往人脉，包场请来某州苏丹和王子，带一大群侍卫来免费体验，那次由老板亲自下场扮油鬼仔，落力的演出吓得王子一群人走出鬼屋后立即跪地祈祷叩拜，等在外面的记者咔嚓咔嚓地拍照，隔天马上登上全国报纸的地方版。

自此之后鬼屋每晚都大排长龙，不止是马来人，华人和印度人也都蜂拥而至，建国父亲调整了不同的剧本，让每个进去鬼屋的人都听见自己熟悉的噩梦，一起被吓得屁滚尿流地跑出鬼屋。小小一个鬼屋成功融合了马来西亚的各大种族，电视和报纸派人来采访了几次，老板赚足了面子和钞票，过年的时候特意包了一个大红包给建国。

作为乐园里唯一的小孩，建国当时备受众人宠爱，虽然因为居无定所而没办法上学，可是幼年的建国以清澈的眼睛和触感，吸食乐园里的一切事物。他跟着父亲学会维修器械，从不同的人身上学会各样语言，在繁复的赌博游戏里学会运算机率，并且在漫长的旅行中习得面对墙壁独自幻想的技艺。最亲密的老师是印度人萨拉华迪，萨拉华迪的舌头灵敏，能用十二种方言在乐园里广播，用七八个角色为鬼屋的人物配音，每一种都惟妙惟肖。小时候他们玩这样的游戏：一个爸爸是潮州人，妈妈是客家人，小时候被广东人奶奶照顾的小孩，他怎么说"我大便后屁股没有洗干净"？

幼年的建国将乐园视为自己的领土，在其中自由地飞行穿梭，如同野人般钻研在其中生活的各样技艺。年纪渐长，他意识到对于别人而言百变的幻境，其实有着千篇一律的本质，后来他可以在十米外精准地射中奖品娃娃的左眼，倒立着丢钢圈也能套住正中央的玻璃瓶，一眼就算出木瓜种子的正确数量，一甩钓竿捞起五只塑料鸭子。

建国对于平地的生活逐渐感到不耐烦，于是他开始攀爬一切看得到的东西。先是碰碰车的顶棚，然后是旋转木马的柱子，最后是摩天轮。摩天轮不停地转，建国必须比圆弧的转速更快才能停在顶端，像在森林里长大的男人一样，建国肌肉结实动作灵敏，挥动着双臂在铁笼间跳跃，他听见血液沸腾时在耳边啪啪作响，双臂青筋毕露偾张凸起，表演的时候众人看得如痴如醉，喝彩声不断。

然而父亲却越发沉默了。

父亲从未再娶，乐园环游了马来半岛无数遍，他却几乎没有踏出过乐园的大门。晚上乐园营业，父亲像幽灵一样在乐园的暗影中游荡，躲在欢笑的众人背后巡视机械。白天大家还在睡觉，他却早早起来拿着工具箱四处敲敲打打，惹得所有人都抱怨连连。父亲每日眉头深锁地工作，不烟不酒，身体上看不见半点欲望的痕迹，建国不知道他是否清楚同事们对他的不满，抑或根本也不在乎。父亲活得像是在苦行，唯一能引起他生命热诚的事物只有那些冰冷的器械。

建国跟着父亲在园里走动，观察他的工作和在房间里留下的图稿。父亲从来不把报废的部件丢掉，因为坏掉的器材和零件不可能再从欧洲运来，他把那些庞大的零件拆解，全部躲藏在鬼屋看不见的角落里。一有器材发生故障，他就回到鬼屋里翻找那些铁块的废墟，重新拆解焊接，以器官移植的方式延续那些乐园的寿命。

即使是门外汉也能看出父亲对于机械的惊人天赋，建国亲眼看着他把几个废弃的器材拼接起来，做出园里从未见过的小玩具。白天没有人的时候，建国窝在鬼屋的角落，摸着那些行走的机器双腿、没有头的士兵、枪枝造型的打火机，意识到乐园已经慢慢繁衍出自己的后代。

在乐园的时间渐长，建国看见它一次次地扩展、旋转、生殖，似乎慢慢能感觉到乐园的生命。有生命，当然也有死亡。乐园地里没有死过人，不过当他单臂悬挂在摩天轮上接受众人喝彩时，他隐约意识到那些欢呼声里掩藏着幽微的期待，期待摩天轮的骨架崩塌，期待他掉下来，头部撞击黄泥地，粗壮的四肢以奇异的方式扭折。

就像他们坐上云霄飞车，身体随着毁灭的速度上升下旋，惊呼欢笑着贴近死亡的面容，却每次都能全身而退。期待死亡而不真的死亡，那是撑起乐园巨大快乐的肾上腺素，在乐园里死亡是令人安慰的幻觉。建国深信乐园永远不会死亡，当英国运来的零件逐渐耗损败坏，建国和父亲用当地的材料重新建筑新的器械，只要这样不断地重新组合，他们就有了无限多的可能性、无限多的乐园。建国深深着迷于乐园的轮回，从来不会对此感到厌倦，他原来以为自己会像父亲一样，这辈子都不会离开乐园。

然后时间好像忽然被耗尽了。

二十世纪九〇年代以后，大型的主题乐园开始在马来西亚落脚壮大，巡回游乐园的简陋设备不再能够吸引人进来，人们需要更强烈的刺激，更低廉的门票，然后是无可避免的悲剧：乐园真的把人弄死了。陆续传来的新闻让人们开始质疑，那里面真的有工程师吗？

生意一天不如一天，鬼屋连假日的夜晚都空荡荡的没有半个客人，在里面扮鬼的建国经常不小心等得睡着，梦见许多纷杂的事。

白天里辗转反侧，久久无法入眠。

那时候老板年纪也大了，逐渐受不了日夜颠倒的生活。他在巡回的途中遇到让他安顿的女人，生了儿子以后继承家族财产，对乐园的生意更是意兴阑珊。有天他召集所剩无几的员工，说："散了吧。"矗立的乐园忽然变成了一块巨大的废墟。

建国当时已经快四十岁了，身边没有多少积蓄，对外面的世界一无所知。他看着老父，希望他能跟老板求情几句，但老父依旧沉默不语，像现在发生的一切和他没有关系一样。

建国知道自己是时候离开了。

老板感念旧情，说乐园的器材反正也无从脱手，就让游乐园停在家族的空地上，依旧让老父生活在里面。四十岁的建国原来是想离开乐园去找工作，但他空有一身无用的技能，没有半张证照自然是进不了合法的主题乐园。他想起那些欢呼声，想要去街头卖艺，结果刚开始爬上吉隆坡塔就被警察抓回去，反倒罚了几千块。最后只好回去找老板，叫几句干爷，在老板介绍下到工地去从头做起。

所幸那几年炒房的热潮开始，全国上下都有新建案工地，建国价格便宜，有一身用不完的力气，还会焊接、水泥、木工，一个人顶得上十个孟加拉外劳。重点是警察来了也不用跑，大受承包工头的喜爱。再过几年后，中国人买下了首都，带着一行李一行李的现金，像买杂货一样扫下大片房产。需要更多空荡荡的房子，建商疯狂地启动发展计划，房子像玩具一样迅速地在平地上冒起。

建国再次环绕着马来半岛四处奔波，从一个乡镇到一个乡镇，从一座城市到一座城市，他把树大片砍倒并铲平山坡，在荒地中树立铁架和钢骨。或是遇到前任建商跑路后烂尾的建案，他把那些已经接近完成的房子重新推倒成废墟，在废墟中再次兴建大楼。每天都有做不完的工作，连女人都没时间想，四处建设祖国，他有时觉得自己从没有离开过这样的生活。

环游半岛多次后，建国有次因为工作而回到了熟悉的小镇，忽然记起这是乐园最后矗立的地方。建国想起了老父，细算之下，发现已经有几年完全没有听见他的消息，他隐隐感到不安，有天黄昏抽了个空当，开车回到乐园最后停留的荒地。

车子穿越野草蔓生的郊野，黄昏的日头把一切都燃起火红的色泽。他循着少有人走的小径，朝着印象中乐园最后的所在前进。车子在小径吃力地前进，一个转角以后，他忽然在林中看见一片空旷的平地。

乐园偌大的摩天轮、海盗船、木马、宇宙飞船、游戏摊、铁栏全部都消失了，空地上只剩下一座耸立的鬼屋。建国马上留意到那座熟悉的鬼屋明显比原来大上了好几倍，像是将乐园吞吃了一样，在原来光滑的外壁上层层叠叠地长出新的隔间和枝节，屋顶挑起四五层楼高，上面一扇窗户也没有，黑黢黢地在荒地中投下庞大的阴影。

"阿爸！"建国下车大声呼喊，得不到半点回应。

他推开鬼屋的门，"阿爸？"建国的声音空荡荡地回响。找不到亮光，鬼屋里面一片漆黑，建国摸黑向前走了一段路，手指摸到了粗糙的木板和滑腻的触感，他觉得不对劲，正想要折返的时候，整个地板忽然开始大大地震动。

灰尘四处扬起，建国听见整栋鬼屋像是活过来一样发出嘎嘎的巨响。几盏低瓦数的灯在头上亮开，建国发现自己身处于一片莽林之中，四周都是长满蕨类的暗淡的树干。"阿爸？"建国大喊，他抚摩着粗糙的树干纹路想要弄清楚现在的状况，然后屋顶上滴下了一滴水，接着又一滴，两滴，屋里忽然下起了热带暴雨。

建国脑子里一片混乱，他浑身湿透，惊慌地想要沿着来路逃离这座丛林，却发现自己找不到回去的路，不管怎么绕都走不出去。

"阿爸！"他在雨中大喊。

　　有闪电划过天际，他听见四周有枪声响起，他本能地抱头趴倒在地，在枪林弹雨间隐约听见有人的声音，是一群男人的声音，他们似乎在争论，骂客家脏话，"走狗！"有人用广东话骂了一句，他觉得自己似乎听见了父亲的声音，但他已经不记得那声音是不是父亲的。

　　"阿爸？"他想要喊出声，一句话卡在喉咙里出不来。

　　枪声更激烈了，有人快速地在讲英文，有东西在他附近爆炸，震耳欲聋，他挣扎着要起来，却被强烈的热浪击倒在地板上。大风吹过树林，他听见风中有女人的哭声，在抽泣间喃喃地说着什么，他想要听清楚她说的话，但那声音是来自很远的地方，在雨中带着沙沙的杂音，是无线电一样噼啪地跳着。声音一遍一遍地传来，建国努力拼凑出碎片般的语句："永别了……同志……永别……亲人……"

　　然后他听见了自己的名字："永别了……建国。"

　　一片黑暗中建国睁大眼睛躺在水洼里，终于想起自己是个孤儿。

洞里的阿妈

在我七岁的时候我阿爸带我到后院，他拉开洋灰地上的铁板，指着粪坑对我说："在我七岁的时候我阿爸带我到后院，拉开黑泥地上的木板，指着粪坑对我说：'如果马来人打过来了，你就从这里跳下去，躲起来。'"

我俯身下看，黑暗幽深的洞里看不见底部，阵阵臭气袭人。

马来人终究没有打到我们镇上，所以我阿爸没有跳下去过。连我阿爸都没有跳下去过，我当然也没有跳下去过。

我们家族里第一个跳下去洞里的人，是我阿妈。

那几年闹得很凶，三天一小吵，五天一大架。打起来我会跑到街上，吵起来我多半躲在房里，这都是好办的。比较麻烦的情况是，他们在我房间里吵，这样我就不知道该去哪里了。

阿妈跳下去那天就是这样的比较特殊的状况，阿爸阿妈站在我房里，他们耗尽他们头发已经开始稀疏的头里所想到的词语叫对方去死。我原来想要跑出去，不过生字作业明天就要交，再不写就来不及了，所以我坐在我的书桌前，专注精神，一字一字地写。

我阿爸阿妈书读得少，肚子里骂人的词不多，加上那阵子吵得频繁，他们仅知的诅咒也都磨软磨钝了，没几下就吵得索然无味。在两人口哑哑相对无语，我心想总算可以清净的时候，我呜咽着休息的阿妈看见埋头写字的我，灵光洞照她因长年吃药而混沌的大脑。

我要带着你的儿子一起死，我阿妈说，让你们姓王的绝子绝孙。

新的咒诅来得突然暴烈，我阿爸错愕地站在门槛上，张开嘴巴想回应什么，却一时说不出话来。我本来不喜欢去管他们大人的事，可是因为事情牵扯到我身上，当阿爸说不出什么的时候我想我应该说点什么，于是我停下笔抬起头，我对阿妈说，我不想死，要死你们自己去死。

听完，我阿爸是得到救援一样松了口气："听到没有，连儿子都比你聪明。"他这样说着，然后快步走出房间门，然后走出家门。

"你们姓王的都一个样。"我阿妈哭着说。

阿爸不在的那个下午，阿妈说，我死给你们看。

阿妈回到房里换了过年的红衣裙，在衣柜前的全身镜前扭了几下腰肢，怜惜地看着自己的身段。然后阿妈一面哭一面化妆，甚至还在身上喷了香水。她先是珍惜地喷了两次，然后大概是想到死了也是没用上，阿妈又往腋下用力地多喷了几下。房间里饱饱的装满了刺鼻的香精味，有种准备去喝喜酒的喜庆氛围。

装扮完毕，阿妈走到后院，费尽力气地想要拉起洋灰地上的铁板。但是铁板太重，阿妈一个人拉不起来。她不放弃地拉着铁板，阿妈满脸通红，发出尖锐的叫声。

阿妈的叫声在午后空荡荡的柏油大街上回响。

邻居都不在，或是没有人敢出来，那个下午只有我看着阿妈和铁板搏斗，不知道该不该过去帮忙。没有人出来帮忙，阿妈只好坐在地板上，用她全身的重量去拉，阿妈赤脚煞住粗粝的洋灰地，她扭动着屁股往后挪。我看见阿妈把好好的新衣服都拉皱了弄脏了，心里觉得可惜。我不知道阿妈为什么要选择那么困难的死法，也不明白阿妈为何要多此一举地换衣服喷香水。当时我最大的忧虑是，阿妈不知道还要弄多久，这样我功课会不会来不及写？

幸亏铁板终究还是拉开了一道足以让人穿过的缝隙。

阿妈气喘吁吁，阿妈脖子上冒现一条条蚯蚓般勃动的红筋。阿妈吃力地把屁股挪到坑边，把双腿垂下坑里。粪坑里面的沼气上涌，我和阿妈都闻到了全家族排泄物发酵后的强烈气息。阿妈回头看着我，神情似乎有些迟疑。

那瞬间我才忽然意识到阿妈是真的要死，而死了就是再也不回来的意思。于是我哭了，我上前去拉着阿妈说不要，阿妈不要死。

我的话滑出舌头后舔过阿妈的脸，我看见阿妈的犹豫一点一点被舔干净，底下的面容再度燃起红色的热情。"不要阻着我！"阿妈又开始哭喊起来，她挣扎着，我幼年的手指在丝滑的红绸衣上拉出层层皱褶，"我死给你们看！"阿妈发出她这生所能想象的最凄厉的哭声。

接着她屁股一用力，咻地就下去了。

阿妈下去的时候在洞内发出清亮悠远的回音，在午后空荡荡的柏油大街上回响。

"阿妈，阿妈。"我什么都抓不住，我哭喊着趴到粪坑旁边。洞底下传来阿妈的哭声，声音越来越薄弱，最后剩下微微的抽泣。

"不要死阿妈，阿妈不要死。"我啜泣着说。

阳光斜斜刺进坑里，我眼睛慢慢适应了底下的黑暗，我看见洞底的阿妈正在抬头看我。

粪坑里的水只到膝盖。

阿妈是跌坐下去的，新衣服里外都是大便，刚整理好的头发也湿湿漉漉地塌在头皮上，有糯烂的粪泥夹缠在发丝间。阿妈扶着坑壁想要爬上来，但四壁都是滑溜溜的大便，光是站稳就不容易了，她脚滑了四下以后就没胆子再动一下。

阿妈将四肢以诡异的姿势撑开如红黑色的蜘蛛，在洞里动弹不得。

"你们都在骗我。"我在洞里的阿妈这样对我说。

我家之所以需要粪坑，是因为环境局管线没有经过我们家里，家里的马桶冲下去的屎尿囤积在粪坑里流不出去。等到粪坑满了，马桶里的水就冲不下去了，需要阿爸爬到粪坑里把粪水舀出来。后来家里买了抽水马桶，冲水量变大，阿爸没多久就要下去挖一次。他嫌麻烦，把马桶的拉杆剪断，禁止全家用抽水马桶冲水。

"用水勺拿水桶的水冲就好了，环保。"我阿爸说。

有时阿爸懒惰，很久很久都没有下去，于是死寂的污水冒出浓稠泡沫，泽气 ① 从铁板的缝隙中悄悄地爬出来，院子里有食物消化后的腐气。阿妈嫌臭，叫我叫阿爸下去粪坑里清一清。阿爸不耐烦地下去了，上来以后他说："等你长大就轮到你了。"

自从阿妈跳下洞里后，再也没有吵着要自杀了。

---

① 意为浊气。

　　第一次拥有自己的抽水马桶，是在大学来到台北以后的事。学校抽不到宿舍，我在离学校有一段段的老旧公寓租房间。公寓虽然旧，但我租的是刚翻新建好的顶楼加盖，一层公寓畸零地分成五间套房，每间都是奇怪的格局。我分到的房间长成只有四坪①的Π形，光是厕所就占了两坪，行李箱搬来后就连站的位子都不够。房东没有附家具，只有上一个房客留下的三夹板书桌，还有一个布衣橱。因为没有什么闲钱，我床架都没买，只铺一个睡觉用的床垫。

　　此刻三件家具和一个马桶完全都属于我，我为此感到心满意足。我厕所里面有干净明亮的白瓷砖墙壁，和一个真正的、可以冲水的马桶。不是那种老式的，用大水硬生生把大便冲下的那种，我的马桶是会先把水抽走，再灌入干净新水的马桶，马桶把秽物冲完后半点痕迹也不会留下，马桶水里没有任何漂浮的残渣毫末，明亮清澈。

　　唯一的麻烦的是，台湾管线太小，马桶动不动就阻塞。

　　房东太太经常找我麻烦，说同学你再把食物用进马桶我就不帮你用了。我说不是我啊，可能是隔壁房间每天打炮的情侣，他们一

---

① 面积单位，1 坪约为 3.3 平方米。

整天忙着用床板撞我的墙壁而不出门吃饭，饿了他们叫外送，吃不完懒得丢到楼下就把厨余倒进马桶，然后厨余从他们的马桶管线倒流过来我这里堵住的啊。

房东太太一脸狐疑地盯着我雪白的马桶，马桶水上有糜烂的肉末晃荡，违章建筑的管线杂乱，所以她自己也说不准是不是这样，所以她最后也就算了。

房东太太弓腰走出房门，有时我会有点心软，因为马桶堵塞或许有一小部分是我的错，因为我每天都把厨余倒进马桶里。这也不能怪我，因为虽然租约上说好不能开伙，可是房租就把打工的钱耗掉大半，台北的伙食太贵，我不自己煮饭的话搞不好连学费都交不出来。小套房没有厨房，通风又差，我在房间的任何角落煮个泡面也让整层楼的住户都闻到。

有一次，我在床上对这个问题进行思索，想了半天，想起厕所里的抽风机。原理也是差不多的嘛，厕所抽风机既然可以抽风，那一定也可以抽油烟。我上网买了电磁炉，卖家还附赠一口锅子。做菜的时候我把炉子对准抽风机下面，看着油烟旋转向上，慢慢停聚在厕所的天花板下，再一点一点被抽走。

解决油烟后，下一个是厨余的问题。因为房间太小没地方倒厨余，大块的我混在垃圾袋里丢掉，剩下的汤汤水水残余烂渣就倒进马桶里。为了避免马桶堵塞，我很小心地分次倒进去，然后冲水，看着那些油腻的残液转成漩涡。然后"咻"，销声匿迹。

每天都会洗一次厕所，刷得马桶永远干净得发亮。

这样一来伙食费就能省下不少钱。我在楼下菜市场买半颗高丽菜和一个西红柿，切一盘肉片加一包素面，一顿饭不用一百块就够吃饱。生日那天我走到对面超市去，买盘一百多块的牛排自己煎。牛肉贴上热锅时油脂嗞嗞地沸腾，肥腻的油烟来不及被抽走，它们从厕所塑料门的缝隙间互相推挤着流出来，慢慢灌满房间，钻进床包和枕头里，床垫上几天都是牛排香。

我在厕所里蹲着把菜做好，然后甩甩麻痹的腿，坐在床上看Youtube（油管）。有时我吃着自己在厕所里煮出来的罗宋汤和牛排，心里会颤颤地感动欲泣。我告诉自己，我终于远远地离开了粪坑。

自己开伙的话，我通常到楼下的菜市场买菜。说是菜市场，其实不过是一条狭长的巷子，蜿蜒地延伸数百公尺，两边的店铺拉出低低的棚架来搭成一道拱廊。水果、青菜、牛肉、猪肉、鸡肉、女人内衣裤、中国大陆来的穴道按摩器、山东家乡味包子、睁眼袁大头和老洋酒。那家市场什么都卖，很受附近老人欢迎。市场里白天人潮汹涌，尖峰时刻我和那些异地的众人以缓慢的速度蠕动前行。停下把买好的菜装在塑料袋里，艰难地塞进背包。

我买菜回去要小心躲过房东。房东太太住在市场对面的公寓，假日没事，她和一群老人会聚在公寓的楼下聊天，小区里的老人特别多，印尼女佣推着牵着他们出来，大概是寂寞的缘故，他们一整个早上不会离开骑楼。假日有一些赖床的恍惚时刻，窗外阳光普照，零碎的印尼话和闽南语从楼下的菜市场攀爬上来，隐隐晃动我的窗格。有时，我会以为自己从未离开过家乡。

然而我是远远地离开了。

十八岁出门远行，我从小镇搭车到吉隆坡去申请台北的大学。自己填写志愿，每一笔都远远地离开小镇。录取通知寄来，考上台北一家大学的英文系，我打开地图测量台北和我家的距离。

我到吉隆坡去买书，希腊罗马美国英国拉丁美洲，一本一本摞在客厅里。我埋头读书，用阿爸阿妈看不懂的文字隔断他们的脚步。

开学第一天，我揣着一大沓陌生的钞票在陌生的校园里跑注册手续。其中一项手续需要到教官室申请免役证明，教官室有个热情的老教官，一听我开口就问："你是马来西亚学生吗？"

我说："是。"

老教官他拍拍我的肩膀说："欢迎回来升学。"

他的手掌十分厚实。

带来的钱很快就花光，我到自助餐店打工。我在打工的店里被分配到一间厕所，老板规定每两个小时巡厕所一次，把地板擦干，补充厕纸和洗手液，清理擦过大便厕纸的垃圾桶。最后那项工作经常让我感到疑惑，为什么不把卫生纸也直接冲下马桶就好了？老板说，因为台湾管线太小，马桶容易堵塞。

店里奇怪的客人很多，他们把尿尿沾到地板上，把用过的卫生棉放在洗手台上，把大便涂在门板上。我看着这群下班后带着微微的汗臭和小孩，或是隔壁补习班上课前来吃饭的，排队轮流点排骨饭和辣妹的人群，不敢相信里面有人以将下体排出的体液涂自助餐店的厕所为乐。

我对自己说，这世界好大。

我对这份工作心满意足。自助餐店打工的福利不少，一来有免费的员工餐，二来还可以练习对话。店里来来往往的客人很多，卡车司机和旁边小学的老师，还有读五专的新住民二代。他们的声音在店里互相碰撞，我夹菜擦桌子时默记那些语调声势，折拗自己舌头的记忆。

重新学习我的母语，变成你们的样子。

晚上十点放工，必须穿过菜市场才能回家。那时摊贩都已经收了，只留下几盏低瓦数的橘红灯泡，灯泡照着棚架上乱无章法的电线，电线里夹缠陈年灰尘和蜘蛛丝。蜘蛛丝结出漂亮的八角形网，网子被风穿透时轻轻地晃，风惊动下面猪肉摊的蟑螂，它们捡拾木头砧板缝隙间的肉末。

我看见老鼠在阴沟里，它们黝黑的眼睛也回望着我。

路面不平，下雨的夜晚要小心不要一脚踩进污水洼。

不过这一切都是可以忍受的。比较可怕的是每几个月一次的消毒日。那时白烟呼噜呼噜灌进市场，然后从四面八方挤出大量的蟑螂。我们都知道菜市场就是蟑螂窝，但在买卖炸鸡腿和高丽菜的时候，我们通常假装它们并不存在。直到白烟呼噜呼噜灌进市场，上千只不同品种与大小的蟑螂成群出现，流溢到大街上。

不久后街道上满布黑褐色的尸体。

蟑螂真是生命力顽强的生物，全世界的蟑螂都是。如果遇到够大的蟑螂，白烟的剂量不足以毒死它，它翻肚，露出腹部节状的纹路，带刺的健壮小腿在空中抓挠，不规则地痉挛。街上的店家看着恶心，用扫把去扫，它"腾"地飞起来。傍晚，从豪华公寓里出来散步的漂亮的马尔济斯犬嗨得快疯掉，它们跳跃暴冲，追着想要抓一只来吃掉。拉着狗狗的漂亮少妇惊恐地收绳，狗狗被项圈勒住喉咙，眼睛凸出。

我从房间的窗户往下看见这些事。我想象城市是一道肚肠，蠕动千回百折的巷弄将体内的异物排出。

遇到消毒的话，放工回家就不能走市场里的路了。那里太暗太脏，一个不小心鞋底就会粘满蟑螂。所以必须绕开市场从大路走回去。

可是走大路有走大路的麻烦，那条路上永远都刮着迅猛的强风。强风的源头是大路上一栋高耸的豪华公寓，三十层楼高，平滑的灰色现代主义风格在我们社区老旧公寓间不协调地拔起，四方吹来的风全部被豪宅挡下，灌入周围的小巷里。风把巷弄间的腥臭腐气催逼出来，居民只要一走出骑楼就被乱风拍打。

有时围聚在骑楼下的印尼看护们聊得兴起，大风推着轮椅上的老人缓缓前进。

台风来临之前，我见过大风将老人吹倒在地，四脚拐杖咕噜咕噜地逃离。

家乡没有台风。

第一次听到台风要来的新闻，我学人家买了很多泡面饼干回家，跟房东借了厚胶带，在窗户贴上两个大叉叉。晚上没去打工，我泡了平时舍不得吃的高级泡面，看着屏幕上的云图变换颜色，等台风慢慢逼近这座城市。

然而台风在遥远的海岸线犹豫不决，雨久久不落下，我在绵长的等待里睡着了。

梦见家乡的大雨。

每个午后，阵雨夹带着大雷敲击小镇。

规律的巨响把我从梦中吵醒。

我爬起身来看，发现是厕所的门被风吹开，不断拍击门框发出规律的撞击。我这才意识到台风到了，暴雨轰轰轰地敲打铁皮屋顶。豪宅送上来的强风摇撼窗格。

睡意朦胧间世界一片混沌。

我挣扎着起来想要下床去把厕所门关好，却一脚踩进水里。我在暗中看见水光闪闪，整个地板都是水。天台的排水孔大概是堵住了，水从天台上流进来，它们带着泥浆秽物从门缝漫入房间，把我的东西都泡在水里。我急忙把书本杂物捡起来，高高地堆在房间唯一的桌子上。书全都发胖了，我坐在床上发呆，看着水滴沿着泡开的桌脚流下。忽然想起睡觉的床垫，我伸手下去一摸，触手一片冰凉冷，我发现床垫底部也湿了一大片。

我躺在床上，知道水迟早会浸透我身下的床面，但我什么也做不了。

这时我想起厕所是干的。因为套房厕所的地板比房间高出很多，水不可能淹得上去。我决定在厕所睡一晚，等明天房东过来再说。

我尿了一泡尿，用拖把将厕所地板的水迹仔细地抹干，然后把冬天的棉被翻出来，铺在厕所瓷砖上当床垫。枕头被子也都搬进来，整齐地堆在棉被上。睡前想起手机需要充电，我从高耸的杂物里找出延长线，插在厕所的插座里。

布置完成后已经是半夜三点了，我对自己的成果心满意足。我把厕所的门关上，安逸地躺进棉被里，闻着棉被里残留的烘衣味。厕所隔音意外地好，我只听见抽风机马达发出低频的声响，屋外的雨声仿佛来自很遥远的地方。

台风和热带雨的气味竟然如此相像。

很小的时候，阿妈带过我到双峰塔，也就是你们说的双子星塔，去看很大的喷水池。那天早上阿爸出门工作后，阿妈让我穿上过年的衣服，走了十几分钟的路才到最近的巴士站。大人一块钱，小孩八角，印度人车掌^① 给我一张红褐色的票，阿妈叫我要好好看住，之后他们会检查。

"弄不见就回不去咯！"阿妈这样警告我。

我把车票折成一小块，紧紧捏在手心里，不断地把票打开来检查，又再折回去。路上的风景我都不记得了。

结果一路搭到目的地都没人来查票。我们转搭出租车到双子星塔，当时它好像还是世界最高的建筑物，要几年后才被台北取代（听见这个消息时我感到失落，老师说，以后不能再写我国拥有世界上最高的建筑）。双子星塔看起来像两根巨大的玉蜀黍，里面都是很漂亮的店铺，冷气很强，大片落地玻璃。我们在里面绕了一圈，然后阿妈指着橱窗里一件雪白色的童装外套，就是电视里下雪的时候穿的那种，她问我："这件美不美？"我说："很美。"阿妈说："以后阿妈买给你。"

---

① 指电车司机。

我们到楼上买麦当劳。阿妈告诉我说这是吉隆坡才有的哦。午餐时间，麦当劳里没位子坐，我们外带着走。一个麦香鸡套餐，一个鳕鱼堡套餐，还有两杯冰可乐。阿妈提着沉甸甸的纸袋下楼，纸袋在幼年的我鼻尖前晃动，透着油腻腻的香气。

我们到双子星塔后方的公园去吃。

自动门向两边滑开，一踏出去，金黄色之光落下，我看见一座巨大的喷水池装置在公园中间，数十个喷口依循不同的姿态炫目绽开。有喷口分散成扇形，模仿孔雀前后摇晃。又有细长的水柱围成一道栅栏，栅栏中间关着主水柱，平地喷起十几层楼高，然后水失去动力而坠落。轰轰轰轰，公园中央下起小型的暴雨。

当时午后的阳光穿透高空落下的水花，我看见其中闪现的虹彩。

我痴痴仰望，看得连走路都忘了。阿妈拉着我往前走，笑说："没见过世面的乡巴佬。"

阿妈牵着我的手，我们沿着水池的边缘走到公园深处。那里面有很宽广的草地，错落几座大型儿童游乐设施，到处都是跑着叫着的小孩。"吃完再去玩。"阿妈说。她找了一小块草坪，头上有阴影筛下阳光，光斑摇晃，我们坐着分吃汉堡，喝冰可乐。

不愧是大城市，路面上一点垃圾也没有，所有东西都那么干净明亮。我把手掌伸进水道里，看手上的油花在水面上开出流动的彩虹，我透过那道七彩斑斓的虹膜，观察水下石子的纹路。

"好吃吗？"阿妈问我。

"好吃，"我喝完饮料，嘎啦嘎啦咀嚼冰块，"我还要吃薯条。"

"阿妈的给你。"阿妈把薯条倒到我的纸袋里，她说，"薯条阿妈以前每天都吃。"

我抓了一把阿妈倒给我的薯条塞进嘴里，迫不及待地要去玩。公园里有座像小山丘一样高的滑梯，我滑下来以前看见阿妈在底下对我招手。我高举双手，挥舞着向阿妈打招呼，阿妈喊我的名字，叫我要小心一点。

或许是天气太热的关系，阿妈的脸色红润，声音被太阳晒得温暖。

吃完汉堡天色已经暗了。乌云从双子星背后涌现，这座城市几乎每天都要下雷阵雨。阿妈说在我们回去之前，先去一下她以前上班的地方看看。

"我们走过去，很近的。"

我们从双子星塔开始走，阿妈走得很快，路上车很多，她紧紧地拉住我。强风刮起路面上的尘埃，四处都灰蒙蒙一片，大风之间阿妈脚步坚定地拉着我走。我四下张望，那么多不同的汽车和形状怪异的高楼，我即便在小镇的梦里也从未看过这些景物。

我们走了很久很久。

我口干舌燥，却又不敢打断阿妈的脚步。

直到我发现自己第三次看见同一栋大楼的时候，我忍不住问："阿妈，我们迷路了吗？"

"没有，阿妈绕一点路带你这个乡巴佬看看吉隆坡罢了。"

但阿妈的脚步也越来越慢了。她在每个路口都停下来，观望半天，嘴里喃喃自语。我们在高速公路和大桥之间游荡，为了直直走向阿妈认得的某个地标，硬生生涉过车流，那么多车子的鸣笛声融成一片。我知道我们迷路了，城市以阿妈无法理解的速度长出新的血管筋肉，层层覆盖阿妈的去路，我们早已走不回原来的地方。但阿妈她不允许我们停下脚步。我们在城市的千回百折的肠道里盘旋迷走，最后连走回双子星塔的路都无法辨识。

雷阵雨开始落下。

阿妈终于愿意让我们停下避雨。没有带伞，我们躲进一排老旧店铺的骑楼下，双腿痠痛，新衣服被汗水湿透，紧紧贴在后背上。我蹲坐在满是黑泥脚印的地板，发现旁边的景物已经完全不同了。老旧店铺的墙壁油漆斑驳，露出底下乌黑的霉菌，身旁的柱子长着白绒绒的壁癌。我们似乎走出了城市的某道边界。

街道上散落残留红色油渍的保利龙饭盒，烧到底的烟蒂。

大雨哗啦啦地打下，那些垃圾在水面上浮起，轻轻流到我们的脚边。

阴沟里湿漉漉的老鼠跑过，我看见它以幽暗的眼神凝望着我们。心下发毛，我拉拉阿妈的衣服问说："阿妈，这里是哪里？"阿妈额前的发丝被雨浸润得细细的，但她眼神焕发异样的光采："这里秋杰路啦！阿妈很熟的。"

"那我们可以回家了吗？"

"你要不要看巴刹？这里的巴刹很大很出名的。"

"阿妈我们可以回家吗？"

"不过巴刹这个时间好像关了。"阿妈兀自喃喃自语，像是没听见我的话一样。雨下得越来越大，路上连人影都没有。我抬头看着雨水从天上落下。

忽然我看见，对面矮楼上有个女人正在低头看着我们。女人的半身探出窗外，她上身什么也没穿，她袒露着胸乳，让肮脏屋檐上流下的水全都淋在她身上。也不去遮雨，她接着像杂耍一般，用双手支撑住窗台把身子向外倾，让大半个身子都探出窗外，几乎就要从楼上掉下来了。

她的身子穿过肮脏的水帘，暴雨直接打在她的头上，她也不遮挡。雨水遮挡了我的视线，我看不见她的脸，然而当阴郁的光从空中落下，我看见雨水在她的轮廓上镶出一圈银光。她发丝间流下的水混合着雨滴落到我的脚边来，我在水中闻到她身上的沐浴乳香气。

窗台上的女人看着我，我痴痴地仰望她。接着她恶作剧般对我招了招手，我也举手回应。"小心不要掉下来！"我想这样对她说，然后我发现眼前一片黑暗。

阿妈用手掌把我的眼睛遮起来，她说："那些都是脏女人，不要看。"

我点点头，我的眼睑感受到阿妈手掌的纹路。

离开前我抬头看向大楼最后一眼，女人不见了，窗台上晾着条红毛巾。

回家前阿妈说不要跟阿爸说我们淋雨了。如果阿爸问起我身上的水，就说我是被双子星塔的喷水池弄到的。我不知道她怎么想到如此拙劣的借口。回到家里天已经完全黑了，门前停了好几辆车，整个家族的大人都聚在我们家客厅里。大家以为阿妈带着我离家出走，急得快发疯。

我洗澡的时候听见他们大吵了一架，阿妈哭喊："我带我自己儿子出去也不行吗？"

那场架乒乒乓乓吵到深夜，我躲在房里早早地睡了。

睡前我想起那张去吉隆坡的车票，我从口袋里掏出一小块毛茸茸的暗红纸块，打开来看，上面的字迹漫漶一片。

台风其实和家乡的雨极为相似，我一直觉得台风只是更为绵长的热带午后雷阵雨。雨中的梦境绵长，我在厕所里安稳地过了一夜，睡得比我在房间里还好。第二天房东赶来，看我房间淹水了也没说什么。"人没事就好。"她说。我指给她看我泡湿的床垫，她答应我从下个月的房租里面扣掉。

"扣多少？"

"弟弟你先去买看看花多少钱，阿姨再扣给你。"

房东阿姨离开后我把床垫翻了个面，打开窗户让阳光把它晒干。然后我上购物网站截一张床垫的图，告诉房东说我买了两千块。我本来以为旧的床垫晒干就没事，搬回来继续睡，现赚两千。没想到晚上床垫开始发出诡异的臭味，像是有什么东西死在上面一样。

根本没办法睡。我把床垫丢到外面天台上，重新把棉被铺回厕所地板。

从那天开始我在厕所里睡觉。

其实睡厕所并没有想象的糟糕。夏天的时候顶楼加盖特别热，白天暑气在房间里阴郁不去，我发现厕所反而比房间还要凉快，适当的湿气可以调节温度，抽风机开着的话通风也很好。我买了新的延长线，把桌灯、计算机和风扇都搬进厕所里面来。

夜里我一边看书，一边把赤裸的身子靠在白瓷砖上。

寒意像冷气渗透皮肤，来到台北以后从未感到如此惬意。

冬天来到以后，雨下得更长了。

房间因为潮湿开始长出壁癌，墙壁一块块地腐烂，浮起的墙面下有毛茸茸的触感，按下去会有咔滋咔滋的声音。可能是之前被水泡过，还有股驱之不去的霉味，我喷了一整支芳香剂都没用。房东太太去探亲，说短时间不能过来处理，我懒得费神，干脆把必需品全部搬到厕所里去。

说真的，这样的生活也没有想象中困难。我原先就在厕所里煮饭和排泄，现在不过多了一项睡觉。吃喝拉撒都在两步开外，生活还比以前方便得多。

只有洗澡比较麻烦，需要把东西全部搬出厕所，洗完过后又要仔细确保厕所地板够干，才能把东西搬回来。好在天气变冷后不容易流汗，一两天洗一次也还可以接受。

冬天的厕所开始变冷，我用存下的钱买了电暖炉。电暖炉打开后发出橘红色的光，我暖烘烘地把自己裹在棉被里。好舒服，渐渐地连门都不想出，不想上课也不想上班。我把手机关掉，开始做很多暖烘烘的梦。

衣服晒干后焦脆的气味。

中学下课后独自走路回家，把手背贴在头发上，太阳把头发烫得发痛。

口说课，教授执着地要纠正我的发音。

"Sum—mer，先起来再往下。"

"撒么。"

"不对，你两个音都是平的啊。"

舌头顽固地往下抵住，从来未曾习得新的说话方式。身上似乎永远带着某种气味，显著地让旁人嗅出我的外来的异样的身体。是因为我说话的口音吗？是因为我写字的姿态吗？从来没有人嘲笑我的口音，我却因此愤怒得满脸潮红。

只有在我的厕所里是安心的。想来觉得神奇，人原来只需要那么小的空间就可以活下去。把门关上以后，不管城市发出再大的声响也被隔绝在外，垃圾车的铃声、里长报告、竞选车广播……城市蠕动充满皱褶的肠胃将我捕获在内，我在我的洞穴里静谧入眠。

窗外下着永远不会停止的细雨。

厕所里不知何时开始长出暗红色的小蜘蛛。它们在我家具间织网，怎么清都清不完。我睡醒的时候赖在床上，看见它们留下的形状精致的网，中间停着显眼的红点。我起来打死一只，破坏它们的网子，把它们的家和尸体一起冲下马桶。我检查四处，没有发现有其他蜘蛛的踪迹。

下次睡醒后就发现了更大的网，还有更大的两只红点。

怎么清都清不完，怎么杀都杀不干净，它们挑衅般摧毁我维持厕所清洁的努力。最后那些蜘蛛网沾满我的衣物，马桶和台灯，甚至在插座里也有被电死的焦红尸体。红蜘蛛的出现引发我的恐惧，这里明明是密闭干净的空间，它们到底是怎么进来的，又要繁衍到什么底端去？

徒劳地追打蜘蛛时，我经常感到自暴自弃的诱惑。我费尽力气地想要从糜烂的粪坑里将自己拉起，却每每被巨大深沉的疲惫感伸手掠住，慢慢将我拉进酥麻甜蜜的阴影之中。我清晰地意识到，自己正斜斜地陷入一个深色泥沼里。

听着窗外下着不会停止的雨时，会有想要消失的冲动。

不能这样了，我这样告诉我自己，要开始坏掉了呢。

我必须再次搬离厕所，振作起来。

首先要去买个床垫，然后把所有的衣服拿去洗干净再烘干，回来好好地洗澡。回到正常人的房间里面，成为更好的人类。

凌晨十二点，我把全部的衣物塞进从家乡带来的大行李箱。我艰辛地把行李箱抬下六层楼，却不小心弄断一边的轮子。我恨恨地把断掉的轮子丢掉，半拖半抬，硬是把行李拉到自助洗衣店去。气喘吁吁地把行李箱打开，衣服全部倒进特大号洗衣机里面，加了两倍的洗衣精。洗完过后还要再烘干，把一切隐匿的污秽尘螨虫卵澈底清除干净。

在等衣服烘好的空当我去买床垫。附近有二十四小时的连锁商场，值夜班的店员白白净净的，是很漂亮的女生。我问她哪款床垫最便宜，她说："你自己看看，都在那边。"我选了一个扁扁的床垫，底下有竹席那种，这样就不怕渗水了。

结账的时候漂亮店员在扫地，我看见畚斗里面有几只蟑螂的残骸。

"这里蟑螂很多吗？"我故意找话跟她聊。

"今天市场消毒啊，你整天没出过门？"

"早上在赶报告没出门，刚刚太暗了，我都没注意到。"

"你是外国人吗？"

"对啊。"我把床垫夹在腋下，跟她说再见。

"你中文讲得很好。"她这样跟我说，"晚上会下大雨，要小心。"

等衣服烘干之后，要命的大雨又开始了。身上没带伞，还拖着一个大行李箱和床垫，我思考着应该怎么回去。其实距离并不远，从洗衣店就能看到我在公寓顶楼的铁皮屋。不过走市场的路回去的话，昏暗的天色无从闪避蟑螂残骸，必然会踩进泡满蟑螂尸体的水坑里，行李会碾过奄奄一息的老鼠。可是舍弃市场而走大路的话，豪宅下的强风打下来，我带着全副家当连走都走不了。我犹豫着回去的选择。

新生的第一天适宜新的冒险，在这座满是巷弄的城市里，一定会找到其他回家的路。我知道只要一直往正确的方向前进，即使绕得远一点，最终还是会抵达目的地。于是我看准了家的方向，转入某条陌生的巷，步伐坚决地走。

雨越来越大了，我把床垫顶在头上挡雨，一手拉着行李箱，是离家出走的小孩。

没走多久就遇到死路。

幸好我早有准备，这次我牢牢地记住了原来的路，沿路折返，抬头确定一下公寓的位置，再次转入另一个路口里。我坚定地走，在潮湿的巷弄间穿过不允许通过的私人土地和台阶。

但我逐渐意识到城市的路像血管一样分岔延伸，不断衍生出新的方向，倾斜着把我导向错误的位置。明明对准我家的窗户直直前进，走出巷子后公寓却在我的后方。我不断地向前走，大雨暴打在床垫的塑料套上，发出噼啪噼啪的撕裂般的声响。那些分岔的小路混乱我的方向感，我用床垫遮住手机打开导航，然而巷子贴得太紧，导航四处飘荡，算不清我目前所在的位置。

路上没有人。

内裤湿透的时候，睾丸传来冰冷的触觉。城市像迷宫一般容纳我的同时把我筛出自己的核心，我不断在它体内回转绕圈，无法抵达目的地，也回不去原来的地方。大雨不断落下，行李箱已经全湿了，我的手越来越酸痛，再也无力抓住手上的东西，风吹过时头上的床垫歪歪斜斜地摇晃，雨水全都倒在我身上。我唯一能做的只有用尽所有的意志向前走。

然后又是一个死巷。

大雨落下在我身上，我把东西全都放下，气喘吁吁地坐在床垫上休息。

忽然我看见，那座在死巷内正对着我的公寓，楼上亮着一盏灯，灯下有个老女人正低头看着我。那是浴室，女人正在洗澡，她没有把窗户关上，我隔着路面看见她充满皱褶的裸体，她也静默地回望我。

此时她正把沐浴乳在手上抹开，涂在身上。当沾满泡沫的手掌滑过她身上的皮肤，那些皱褶的谷底便满盈着乳白，凸起处一一露出如山峦起伏。女人仔细翻开皱褶，搓洗松弛的乳房和肚皮上的叠痕。肥皂泡沫流到胯下，她用指尖轻柔撑开阴户的每道皱纹，以恰好的力道拭去分泌物的痕迹。然后她把身前多余的泡沫抹到身后，拿起挂在水龙头边的沐浴刷刷背，刷得那么用力，白色泡沫下的皮肤都在发红。

接着她再挤了一次沐浴乳，缓缓蹲下，很吃力的样子，开始洗她瘦弱的双腿。她把脚架起来洗脚趾头，先是左脚的大拇指，然后到二拇指，依次洗到小指头，然后是右脚的大拇指。等脚板也洗完了，她先打开水洗了一下手，另外拿出一瓶蓝色的洗面乳，挤出一点点来，在脸上以转圈圈的方式揉开。用完脸后还多出来一些，她涂抹在脖子和耳后。

等这一切都完成后，纯白色的女人她打开莲蓬头，用手测试水温，然后才站到清水下冲洗身体。她用手抚去身体每一寸的滑腻，冲得那么小心，不容许任何一点泡沫停留在她年迈的身上。最后，她拿起一条火红的毛巾，细细地把身子擦干。

一切发生的时候，我痴痴仰望，浴室的橘光像灯塔一样烧着，刺痛我的眼睛。

我低头，看见巷弄内有蟑螂的残骸碎片，暗夜里它们的体液和甲壳晶莹地反光。

我沿着那些微弱的光一步一步离开巷弄，零碎光点的数量越来越密集，雨水逐渐淹升，它们轻轻晃动浮起，在前方汇流成一道白光熠熠的道路，指引着我回家的路径。

雨还在梦的边缘落着。

弟
弟
的
游
戏

这次回来，也是因为母亲的缘故。

那时候世界处于千年难见的大疫中，当医生告诉我母亲的状况并不理想，我就有不祥的预感。我当天向主管请了长假要回家，主管慷慨同意。然而英国疫情严重，从伦敦起飞的班机大多都已经停飞，我耗费极大的力气和时间，转好几次机才找到回家的方法。

飞机一落在吉隆坡就被接到隔离酒店里。

房间没有对外窗，一关上灯便陷入深邃的黑暗。

整整两个礼拜的时间不辨昼夜，肚子饿就走到走廊拿饭盒，偶尔有电话，对另一端交代未完成的工作，或是报告身体的状况（没有，没有不习惯，一切都很好），并且一点一点地听安哥向我说明丧礼的进度。

在此之外的时间，几乎全都陷入黝黑的睡眠里。

完全不记得上次这样凶狠地睡觉是什么时候。

原本担心隔离太无聊，在机场买了本叫《瘟疫》的小说。吃饭的时候随意翻了几页，读到里面说"世上没有人能免疫，一个也没有"，心里又觉得有些异样。把书合上，再次倒头入睡。

做了很多乱七八糟的梦。睡醒之后一个也记不起来。

或许因为这样，两个礼拜以后当我坐上车沿着空无一人的高速公路驶入小镇，仍有种处于梦中的错觉。因着禁令的缘故，镇中心大多数的店铺都没有开门，路上空荡，久久才有一台车子经过。

车子驶过老家门前的草场，幼年时我经常和弟弟在这里玩，但现在这里已经完全荒废，大约很长时间没有人修剪，野草都长到我的大腿高。我的目光穿越草尖，远远地瞥见坐在家门前的我弟弟。

我弟弟坐在院子前的红色塑胶椅上，看见陌生的车子驶近，正在歪头细看。我正想喊他帮我开门，他发现是我，竟起身跑回屋内。

过不久，安哥从屋里出来帮我把门打开。

"阿国。"他唤我。

"安哥。"我边回话，边从后车厢搬下行李。

安哥比印象中老了许多，头发只剩下勉强支撑的几缕，皮肤暗沉发皱，让我想起被烟熏的腊肉。我从来没办法自在地面对安哥。父亲走后，一直都是由住在隔壁的安哥照顾母亲和弟弟。亲戚间流言蜚语从来没有少过，坦白说，无论怎么样我都不在意，现在也都不再重要了。

不过现在母亲离开，我和安哥的关系忽然变得更为微妙。或许，我还需要更多的时间，才能决定该用什么立场和方法去面对眼前的事。

我跟着安哥走进门，院子四处残留着丧礼的痕迹。洋灰地上留着一圈黑色的火烧印记，半袋金纸疲软地倚靠墙角，旁边散落几张客人坐的红色塑料椅，椅子上摊着一份华文报纸。

报纸上面印有母亲的照片，即便看不懂，我也知道那是母亲的讣告。我拿起来在上面找到我自己的名字，然后是我弟弟的名字。安哥说："这是特地留给你看的，你汇给安哥的钱安哥没有乱乱花，全部有做记录的。明天那个做墓碑的人讲要来跟你倾①，他们说……"

我打断他的话："谢谢你安哥，你已经帮我们很多了，现在我都回来了，剩下的事我来做就好。"

安哥含糊地应着，装作没有听见我的话。然后他转过身去朝屋子里大喊："宏，哥哥回来你怕羞吗？快点出来叫人了。"

"安哥没关系。"我说，"这几天辛苦你了，你回去早点休息。"

"那，好，好。我明天再来陪你跟他们谈……"安哥犹豫一阵，讪讪地离开了刚刚为我打开的大门。弟弟并没有出来，我把东西搬到自己的房间。

午后，光从暗红色的窗帘透入。

房间窗帘和我童年时用的还是同一张，光隔着遥远的时间，在房间里面映出一样的色调。屋子里面弥漫着一股微妙的异味，我听

---

① 粤语，意为谈、讨论。

见弟弟在隔壁的房里，发出吵闹的啪嗒啪嗒声，像是在敲打什么铁器。

一切细节都和我童年的午后一模一样。我坐在床沿看着灰尘在光中飞舞，感受到前所未有的安宁。这时我才真切地意识到，母亲的灵魂已经在我连绵不断的睡梦中离开了。

现在只剩下我和弟弟了。

"阿国，你是欠你弟弟的。"

这是我母亲最后一句跟我说的话。

离开伦敦前，安哥打视讯[①]电话给我，说母亲可能快不行了。马来西亚的网络讯号不好，母亲声音虚弱，安哥把镜头凑到母亲面前，画面上一片格子状的暗红肉色。

"阿国，"模糊的肉状中我听见我母亲说，"你是欠你弟弟的。"

听见这句话，我反射性地在手腕上感受到一阵紧。幼年时每次弟弟惹出麻烦，我母亲就会在夜里紧紧箍住我的手腕，把我拉到她的房间，那时她还年轻，手劲大，她以同样的话重复提醒我记得我

---

① 指视频。

和弟弟共同的命运。

我和弟弟是双胞胎，但我们从出生开始就有着极大的差异。出生那天，我的体重打破了乡下诊所的记录，然而弟弟的瘦弱，却也是诊所从未见过的。当医生把肥大的我从母亲的阴道里艰难地拉出，弟弟发育未全的小手紧紧掐进我的脚踝，尾随着我一道被拉入现世。

母亲从这里读出一些关于宿命的隐喻："你弟弟像我，苦命，一辈子怕寂寞，所以出生的时候紧紧抓住哥哥的脚怕哥哥丢下他。"她又说，"所以你再怎么不甘愿，你都跟你弟弟骨肉相连，这是你前世就欠他的。"

我十分厌恶母亲这样赤裸的偏心。弟弟做的事跟我有什么关系？难道只因为我比弟弟早几秒钟出生的缘故，我就应该承担弟弟所有的作为吗？这样不公平，我对我母亲说，早知道，我当弟弟就好了。

母亲听见我的话。她站起身来，走近我，用手掌抓住我的下巴。然后她狠狠地掴我耳光。啪。啪。啪。

"你给我收声，我跟你讲，你收声。"母亲一边打我，一边这样说着。

前面几次遇见这样的刑罚，我从喉咙里嘶吼，号哭，意图用这样的方式得到母亲的怜悯。然而巴掌仍一下一下落下。啪。啪。啪。我无论如何挣扎都躲不开母亲的击打。

于是后来我学会安静，忍住脸上的灼热和眼泪，以相等的冷漠回应母亲的残酷。我很早就发现，这样的刑罚其实是场时间的竞赛，只要忍到时间过去，母亲的手臂会逐渐酸软，然后我会装作毫不在意地摸摸自己的脸，独自回到自己的房间去。

下次逮到机会，仍旧用同样的话去激怒她。"早知道，"我说，"我像弟弟那样做白痴就好了。"

最后母亲终于也意识到这样的惩罚是徒劳无功的。

她恶狠狠地盯着我，胸部上下起伏，却什么也没有做。幼年我沾沾自喜地以为这代表了自己的胜利。

直到很后来，我才开始为自己的残酷而感到懊悔，但那时我已很难找到弥补的时机。当我长大到足以取代父亲决定家中诸般事务后，母亲对我的态度开始转为敬畏。她客客气气地，以征询意见的方式对我说话，并从眼底偷窥我回答时的神色。即便对我的回答不满意，母亲嘴里仍说好，或是说，再看看你父亲的意思。

我知道那是母亲从她引以为傲的家族中继承而得的良好教养，对此我深感不安与不耐。但要我出口阻止母亲这样做，似乎反倒加强这种不平衡的关系。迟迟找不到合理的解决方法，我只能默默地由她去，让母亲依照自己想要的方式生活。

母亲挑衅般地与弟弟愈加亲近。

有时我们三人坐在客厅看电视，母亲叨叨絮絮地，对弟弟一再讲述乡人婚丧嫁娶的琐事。弟弟默默地看着电视没有回应，但母亲不以为意，她独自不断说话，尖细的声音与电视里的声音被混杂成一片，在我耳边嗡嗡作响。

我终于不耐烦地说："看电视你一直在旁边吱吱喳喳什么？"

母亲静默。

广告结束的瞬间，她低声对弟弟窃语："阿宏你看，现在我们连说话都不可以了。"

因此后来当母亲在昏聩之中以近乎哀求的语调重述："这是你欠你弟弟的。"我感到深深的哀伤。

我说："我知道的，妈你不用担心。"

说实话，先生，我并不觉得我背离了母亲的叮嘱。

刚上中学的时候，我放学便载着我弟，骑半小时摩托车回家。当时我的脚板才堪堪能从摩托车上踩到土地，等红灯的时候，必须微微侧过车身才有办法稳妥停下。当然没有驾照，有时甚至没有头盔，所幸我们镇上的警察并不在乎这种小事。

家附近并不是没有中学。实际上离我家最近的中学，便是为数不多的华文中学之一，周边乡镇的华人甚至宁愿每天从远方通勤到这里上学。而我们之所以要反其道而行，到路途遥远的马来学校去，是因为只有那边设有公立的特殊教育班。

弟弟直到中学才上特殊教育班，其实时间已经晚了。

尽管一出生就被告知命运，可是母亲看见弟弟抓住一个事物就死死不放，她仍心存侥幸。她听过一些关于偏执的天才的故事，她想，或许，两个之中比较聪明的是我弟弟。

我们两人吃一样的东西，喝一样的水，看一样的儿童节目，然而弟弟的成长硬生生慢了一截。当我开始直立走路，弟弟却还在匍匐爬行；我开口跟母亲顶嘴，弟弟连吐出单音节的"妈"都有困难。

七岁，我母仍坚持弟弟只是话说得比较慢，说服父亲把弟弟送到跟我一样的学校。那时我们上的还是华文学校，我很快就发现了以背书和考试换取称赞和关爱的方式。备受宠爱的校园生活，显然比我阴郁的家庭好得多，我拼了命地读书、比赛、参加各式活动。但我的弟弟，他却连最简单的加法都算不出来。

也是在这时候，弟弟开始长出典型的样貌，双眼的距离逐渐拉开，眼角上斜，鼻子陷落，舌头不由自主地露出唇外，即便不说话，口水也会沿着嘴角滴落衣领。

当弟弟以怪异的姿态走过校园，幼年的我看着弟弟的变化，恐慌地意识到，我和我的双胞胎弟弟将会长成截然不同的样子。也因为幼年，我们对于有别于自己的事物，展现出诚实又淳朴的残酷。

有时我刻意在母亲面前拿出弟弟空白的考卷，故作惊讶：阿宏你怎么可以只写名字？宏，你这么简单的题目也不会吗？我弟弟傻笑着不回话，而我，我说过当时我年幼，我仍无能读出母亲静默下翻腾的情绪。先生，我想你也能理解我当时的心境。

弟弟一路被欺凌，从学校回来，满头发的洞，问他原因也只是笑。

我母亲买了帽子给弟弟戴上，隔天带着他去找老师。老师看完我弟弟的头，只委婉地说："不如，让弟弟转到另一间学校，哥哥留在这里，两人都会有更好的发展。"

我母亲望着弟弟头上的洞，终于被迫承认弟弟和我们不同。

母亲告诉我父亲："既然要走就一起走，让哥哥和弟弟互相有个照应。"我父亲本来就是读英文书，上不上华校他认为没什么差别，像他不懂华文也一样过得好好的。因此我们两人一起从家乡的华文小学被拔出，放到远处的马来学校去。

母亲没有驾照，父亲承诺在找到工作之前，由他来载我们放学。但父亲只在开学第一天去接过我们。我清楚地记得，当天他过分正式地穿着白衬衫。

父亲问我："你弟弟咧？"

特殊教育班被隔离在校园的另一头，我领着我父亲穿过半个校园，走到用铁栅栏圈起的小校舍。砖红屋顶，粉橘色墙面，绿色玻璃百叶窗，校舍与一般学生的校舍无异，唯一的差别是那里只有一个入口，进入前要经过几道上锁的铁门。里面每间教室的门窗，也都用细长的铁条封成小小的格子。

我的弟弟被关在铁笼里了，当时我这样想。

老师把我们带到笼子的里面，我们看见十几个穿着白色上衣、绿色长裤的学生。没有人吵闹，高温的午后引发瞌睡，他们松散地坐卧一室，在各自位子上睡成一片。整间教室里只听得见电风扇运转的声音，几个人发出小小的鼻鼾，安宁得像是某种培育白胖虫类的实验室。

当我和父亲走进教室，几个人醒了过来，抬头望向我们。那时我们发现，这里每个人竟然都如此面目相似，同样歪斜的眼睛、发亮的高耸额头、扁平的鼻子。霎时间，我和父亲无法认出哪个是我弟弟。

老师指着后方的一个人对我说："那是你的弟弟"。

我父亲催促我去叫他："快点，我等下有约。"

我尽可能安静地穿过弟弟熟睡的同学，走到教室后面，确认过那是我弟弟，抓住他的肩膀轻轻摇晃："宏，放学了，起来。"

弟弟大概因为一整天的课而极度疲累，他头也不抬地推开我的手，继续趴卧在自己的桌前睡。弟弟有严重的起床气，我正烦恼着要如何在不惊动其他人的状况下叫醒他，但我穿着白衬衫的父亲却已经等得不耐烦了。

他从教室前越过狭窄的走道间的同学，大步跨越到我们面前，然后一把抓起弟弟的后领，将弟弟拉了起来。

惊醒的弟弟失措号哭，他在半空中用力蹬腿，像垂死挣扎的草蜢，徒劳地踢着空气。

哭声将整室的小孩惊起，尖锐的声音慢慢从四面浮升，我环顾四周，看见每张脸都以相似的方式向内扭曲，我惊讶地看见那么多弟弟的影子，他们号哭、蹬腿，接着隔壁的教室也传来了哭声，然后是楼上，整栋校舍都被哭声震动着。

老师非常不高兴，他让我们下次安静一点，将我们推出门外。

热带午后的天空经常呈现重灰色。

自此以后，我父亲让我自己载弟弟回家。

为了赶上新学校的进度，我每天放学后在图书馆念书，写当天的作业。等所有人离开，我走到校园后面的铁笼里把弟弟领出来。然后我们穿越冷清的校园，走到外面牵摩托车，骑长长的马路回家。

"国。"有时我们骑在路上，我弟弟会这样叫住我，从背包或口袋里掏出东西，向前伸手，献宝般展开手掌给我看。那多半是一些鸡零狗碎的物事，美术课做的卡片、原子笔的标签、写满脏话的便条纸之类。

我敷衍地看一眼，说："很肮脏，丢掉。"

引擎轰轰作响，风抓住我们的头发，弟弟抓住我。我弟弟不懂得控制力量，抓得很紧，掐到我的肉里面。

"宏，放手，很痛。"我对他说。

跟同班同学比起来，我弟弟的症状还算轻微。他能够妥善地照顾自己，会吃饭、上厕所，甚至能到熟悉的店铺帮忙买跑腿。唯一比较麻烦的是，弟弟很容易被一些零碎的小东西黏住，然后深深陷在里面，甩也甩不开。

有时走在路上，他会忽然停下来翻找路边的垃圾，任人怎么叫他，他都不理会，回家的时候手上又带回几件垃圾。

吸引弟弟的垃圾有各种不同的样子，空宝特瓶、香烟盒、汽水罐、破旧的报纸和杂志，后来我们发现，那些垃圾的唯一共同点是上面都印有文字。我弟弟对文字有不合理的着迷，每天晚上，他把玩捡回来的垃圾，怪腔怪调地读出上面的字，然后又一一放回原来的位置。

弟弟将那些垃圾视为珍宝，房间里看似杂乱无章的垃圾，弟弟每一件都清楚记得，只要有人稍微移动过，我弟弟就会大哭大闹，用力揉鼻涕和眼睛，在地上蹬腿翻滚，无论母亲如何安抚都无法停下。

我母亲并不抱怨，她以手温柔地抚摩正在哭泣的弟弟，她说："你弟弟痴情，像我。"

弟弟之所以沉迷于垃圾般的文字，也和母亲有关。那是在我们转到马来学校以后，我母亲宣布："人不能忘本，妈妈教你们华语。"

母亲对教学全无概念，却满怀热情地执行她的计划。她从菜市场的书摊买来童书和字典，晚餐过后，她召集我们到房里，一人送我们一本字典。然后她打开童书，让我们一字一字地跟着她念，童书里都是些"小狗跳，拍手笑"之类的内容，当弟弟还在艰难模仿母亲的发音，我以极快的速度囫囵念完。

"我好了。"

"哥哥会了就要教弟弟啊。"

"我大把书要读，费事理你们。"

母亲的华语课后来就只有弟弟一个人。每个晚上，母亲就这样一字一句地念一遍，然后让弟弟自己也跟着念。

跌跌撞撞地把整本书读完过后，她进行了测验，让弟弟自己读一次给她听。

我弟当然一个字也记不起来。

我母亲说，没关系，不会的话就再读一次。

我冷眼旁观吟哦中文的弟弟和母亲。那时刚到新学校，语言不通，身边也没有任何朋友，刚开始的几个月我连听懂老师说什么都有困难。强烈的好胜心，逼得我每夜边念书边掉泪。我无法克制自己做出这样的推论：母亲是为了让弟弟看起来不那么笨，才刻意地用这种方式拖住我的脚步。

她想把我变得跟弟弟一样，我这样想，并且带着恨意躲避母亲的华语课。母亲既然硬生生地将我放弃，那我就再也不需要她和她的语言。我会找到新的语言，像父亲一样脱离家庭而生活。

时间没有辜负我母亲的苦心，耗费了整个月，弟弟终于能够认出一本小书上的寥寥几百字。之后又耗费了一整年，弟弟终于能够把一套书里每个字都记起来。母亲到镇上书局去买了更进阶的一套，重复地进行这样的活动。数年以后，弟弟以顽强的耐性把小镇书局里面能买到的儿童读物全部读完，尽管他不理解书中的内容，但能够准确念出每个字的读音，阅读的功课总算有小成。

然而我母亲并不以此自足。她郑重其事地买回了精装笔记本，开始教我弟弟一字一字地抄写书中的句子。

我看过弟弟埋头抄写笔记本。弟弟写字时完全不顾笔画顺序，几乎像画画一般，随心所欲地从任意一个角落将字画出来。前面几本笔记里面的字全都歪七扭八，部首和字形支离破碎，根本无法认出那是华文字。但我弟弟凭借着惊人的专心致志，竟然也越写越像样子，最后的几本笔记每个字都是印出来的一样。

我母亲欣喜若狂，她向父亲炫耀："弟弟现在认识的华语字，比哥哥还多了。"

弟弟一旦被迷上，就再也无法从一件事上脱离。即便后来连母亲都被绵长枯燥的教学弄得疲惫不堪，带弟弟念书的次数逐渐减少，我弟弟顽固地持续了下来。他将母亲的功课纳入每晚的仪式，就算没有母亲的监督，他仍自发地每日诵读抄写，也是这时候，弟弟开始从外头捡回印有文字的垃圾，他将上面的字一一抄录在空白簿子中，接着他看着自己抄录的文字，大声朗诵。

发现弟弟对文字的热爱，母亲非但没有阻止我弟弟，她甚至帮助弟弟清洗带回来的垃圾，从理发店和茶店里为弟弟收罗旧报纸杂志。某次家里附近的中文图书馆清理旧书，其中有大部分是整个小镇没人看得懂的大部头著作，我母亲欣喜若狂，她一个人走几公里的路，磨破脚板和手指，一趟一趟地把成堆的旧书抬回家。

因为母亲的包庇，房间里面的垃圾越来越多。我无数次向母亲抗议：大量的垃圾让家中长期弥漫异味，母亲的身体越来越坏，大概也和滋长于其中的细菌有关。

我母亲却转而对我发怒，她说弟弟玩这些东西是为了训练大脑："你不想要你弟弟好吗？自己不学华语就算了，你弟弟想要学也不可以？"

后来母亲因为生病而永久停下了华语课。我弟弟遇到不会的生词单字，他随意捏造新读音，怪声怪调歪歪斜斜地读。没学过与掉落的字每日增加，弟弟晚上的朗读也逐渐失去了华语的声音，整段变成无以名状的吟哦。

夜里我躲在房间和女友电话，弟弟大声的吟诵穿透薄薄的墙壁传来。女友说，你们那边下雨了吗？我说，是教堂在诵经。

我将每晚持续不断的噪音，视为弟弟和母亲联手对我施予的挑衅。一晚我终于忍不住，冲到母亲房间里逼问她，弟弟这些毫无意义的抄写和念经，究竟有什么意义？学了那么久，他现在出去外面不是一样不会讲话，每个句子都歪七扭八吗？

我病中的母亲躺在床上，她的身体孱弱，眼里却还有尖锐的火光。

"不要以为我不知道，"她刻意缓慢地用华语说，"你放学都跟弟弟一前一后地走，怎样？现在你弟弟让你很丢脸吗？"

我全身燃起火热的愧怒。当时我已经在读高中，长成一半成人的姿态，有着先前未有的力气和暴烈的冲动。我意识到只要我愿意，病床上的母亲就会永远停止说话。

然而我无法动弹，我只能怒视母亲，看她对我的挑衅。

你会老去，我在心里说。然后我要丢下你，我这样告诉自己。

日后我加数十倍的努力念书，考试，参加社团活动，比赛。我要拿奖学金到新加坡，到英国，到澳洲去读大学，那是我们小镇人最大的梦想，赚很多的钱，然后留在那边再也不回来。

母亲洞悉我的意图，当她看见我在弟弟的吟诵下每晚熬夜读书，她更加恐惧。她用我听得见的低语，刻意对弟弟说："只要一有机会，你哥哥就会远远地逃离这个地方。只有弟弟你肯陪妈妈。"

现在我回来了。

现在我不容许这样的状况再继续下去。

早上醒来，费了一些时间想起自己在哪里。

客厅里有电视的声音，我走出去，发现安哥已经在我们家里了。

"阿国，来吃面。"安哥招呼。

地板上铺着几张旧报纸，几包装着干捞面和热汤的塑料袋，沉甸甸压在上面。我们家乡摊贩打包食物时习惯用塑料袋装，再用塑料绳死死扎住开口，这样即便倒过来放着也不会漏。有些技巧熟练的，在绑塑料袋的时候会巧妙一甩，让袋子鼓胀地装满空气，展示肥满的样子。

我弟弟也在，他们围着报纸席地坐着，一只手捧着干捞面的袋子，一手用筷子从袋子里捞出面条。母亲还在的时候，这就是他们每天早上的生活吗？

我坐下加入他们，解开绑着袋子的塑料绳子，吸入第一口面。我们安静专注地吃着从塑料袋里面捞出的面，咀嚼的时候，像对电视上的儿童节目深感兴趣一般，我们目不转睛地盯着电视看。

安哥问我之后有什么打算。

"还不知道，先收拾好老妈子的东西再想。"

"你工作怎么办？"

"已经跟公司说好请长假了，留多久都没关系，等封城完要回去也随时可以回去。"

"这次回去就不打算回来了？"

"我还不知道，安哥，我还在打算。"

"其实阿国你这样的人才，留在马来亚也是有作为的，吉隆坡、新加坡也大把公司要你，去那么远做什么呢？"安哥身体倾向我，瞪圆着眼睛，"你怪我多嘴我还是要讲了，你妈妈离开之前说过，她是希望阿宏可以留在这里。阿宏不像你那么厉害，去那么远，他哪里会惯？"

"阿宏已经不小了，他可以自己照顾自己，之前只是老妈子太宠他才什么都要人帮。"我刻意回避安哥的眼神，"如果真的要回去，我当然会请人照顾他，他是我弟弟，我会帮他打算的。"

"如果你真的要回去……"安哥犹豫了一阵，然后他吞吞吐吐地说，"虽然我是外人，但我一直都是把阿宏当儿子看的……我是讲说，如果你一定要回去的话，阿宏留在这里我也是，我答应你母亲……"

"我们之后再说吧。安哥，这些日子很谢谢你，但是我刚回来，你让我好好想想。"

安哥未说完的话卡在喉头，他张口没有发出声音，然后就不再说话了。

我们再次把注意力放在电视上，电视上的卡通博士正在介绍蚱蜢：你知道吗，蚱蜢并不是用喉咙发出声音的，它们用身体摩擦自己的翅膀，发出响亮的……

弟弟眼睛全程都没有离开过电视，他吃完面，很自然地把沾着黑色酱汁的筷子塞到空塑料袋里面，卷起来，交给安哥。

安哥接了过去："哇，今天阿宏那么会吃，是因为哥哥回来很开心吗？"

也不等弟弟的回应，他站起来把东西拿到后面的厨房去洗。

客厅里只剩下我和弟弟，我大大地松了口气。

我心里知道这样对安哥并不公平，对我母亲和弟弟而言，安哥或许比我这个消失多年的哥哥更加亲近，就像我父亲一样，我对整个家没有付出过应有的关心。

　　多年来这座房子对我造成的阴影持续追逐我，我费尽力气地刻意地遗忘这个腐烂败落的家，遗忘母亲，还有我弟弟。那我现在究竟凭什么突然回来，决定这个家未来的样貌？

　　或许，比起漠不关心的父亲，我更没有回来的资格。如果可以，我真的不想要承担那么重的责任。

　　我看着我弟弟出神，忽然意识到自己已经很久没有这样长时间的，近距离地看住我弟弟的脸。那时我才留意到，尽管弟弟脸上主要的特征早已被凝固定型，但他也不复当年的样貌，鱼尾纹从他眼睛的后面拉出来，皮肤松弛，当阳光从百叶窗外照进，他颈部的皱纹嵌入一条一条深深的影子。

　　我几乎忘了弟弟也会老。因为弟弟停留在童年的心智，我竟以为弟弟会一直停留在童年的样子，忘记时间也会毫不留情地爬上他的身体，正如爬上我的身体一样。

　　但显然有什么不太一样，或许时间以不同的方式穿过我弟弟。此时正在全神看着电视上的卡通的我弟弟的大脑，到底在想什么呢？究竟有多少发生过的事情，可以穿透弥漫在他意识之上的层层迷雾，逐渐沉淀在他记忆的底层？还是说，什么也没有，这几十年的时间对弟弟而言只是混沌的梦境？

他是怎么记得我的？

母亲过世的时候，弟弟是怎么想的？

如果可以选择，弟弟会选择留下吗？还是跟我离开？

太多永远无法解释的问题。

因为弟弟不会说话，回答这些问题的责任，最终都必须落在我身上。过去有母亲为弟弟负责，但现在母亲不在了，我再也无法逃避终究要面对的事。这次回来，我严肃地答应自己，我会一劳永逸地，与这些长久缠绕我们的幽魂决斗。

现在，我只是需要更多时间，思考应该要怎么做。

要是不用我做这样的决定就好了。

"国。"我弟弟忽然叫了我一声，我回过神来，弟弟望着我，眼神里面似乎有些焦灼的神色，弟弟大概是能感受到我波动的情绪，他张口想要对我说什么，但呜呜啊啊半天，也只能发出意义不明的声音。

然后他递给我一张白纸。

"给我的吗？"接过来瞄了一眼，白纸上面什么也没有，可是我仍旧挤出和善的微笑，把纸折叠起来，收入睡裤口袋里。

我对弟弟说："谢谢你阿宏，这样就很好了。"

即便帮不上忙，光是这样示好的举动就够了，我再次从家乡里感受到被接纳的温暖。那时我想，无论如何，我会为弟弟找到最好的地方。当然，那时我还没发现打字机，对于弟弟也一无所知。

收拾母亲的遗物远比想象中困难。

母亲自己的东西并不多，她到晚年依旧维持接近于吝啬的节俭习惯。但因为母亲和弟弟同房，弟弟又有着严重的囤积癖，房间里堆积大量的杂物。

吃完早餐，我拜托安哥把弟弟带出门，自己到超市去买了特大号的垃圾袋、手套、抹布、清洁剂和口罩，全副武装地与满房垃圾奋战。

头号目标是装过食物饮料的宝特瓶、铁铝罐、糖果纸、零食包装……我抓起眼前看到的目标，随手塞到垃圾袋里面，没两下就装满了一整袋。

装满的垃圾袋拿到房间门外放着，甩开新的垃圾袋，重复相同的工作。收拾的工程比我想象的累，而且口罩不好呼吸，我边收拾边喘，满头是汗水，但是看着地板慢慢浮现，我高兴自己终于能够直面处理这样的难题。

大概一个小时过后，总算把可能发出臭味的东西都清理完毕。我回头心满意足地检视自己努力的成果，房间地板上的杂物已经全部清空，这个家的空气已经很久没那么通畅了。

我仿佛能听见母亲不满的抱怨。我凝神，告诉不存在的母亲她已经不再有力量，我们的家和小镇，将慢慢导回该有的样子。

我对母亲的幽魂说："现在你已经不在了，所以请你安静。"

下个目标是放在铁架子上的旧书报，那些书报全都已经泛黄，靠近时会闻到刺鼻的霉味，那里面什么都有，从报纸杂志到广告宣传单，即便看不懂文字，从外表就可以猜出都是有点年代的东西。我猜搞不好还有些史料价值，拿出去卖的话，可能还可以赚到一点小钱。

但我毫不留情地全部扫入垃圾袋里面。

书歪七扭八地落下，被彼此的重量互相压折。封面和书页变形、折拗成不同样的形状；或是直接撕裂散开，化为碎片和粉末。

这样的清理带有种残忍的痛快。

迅速清理完架子外的书，我在架子深处发现好几个沉重纸箱。我拉出来一看，里面装满各样笔记本、稿纸、撕下的日历纸和大小不一的香烟盒碎片。那些纸上所有能书写的地方都写满了字，全部都是工工整整的中文。我无法读懂那些字，可是我认得我弟弟的笔迹。

我听见母亲对我说："你要知道，阿国，你是欠你弟弟的。"

打扫常见问题，幽魂在旧物里面回返。

"你给我收声，我没有欠你们任何东西。"我说。

然后我把手上的笔记本塞进垃圾袋里面。再从箱子里面拿出另一本，然后是下一本，再下一本，我把整个箱子的东西统统挖出来，翻也不翻就塞进垃圾袋的深处。陈旧的灰尘从纸张上扬起，穿透口罩进入鼻腔，我忍不住开始打喷嚏，鼻水和眼泪直流。

　　袋子满得快要破掉，书页的棱角从袋子内向四面突出，像是装满了榴莲。我吃力地拖动塑料袋，把大袋的垃圾丢到院子外面的草地，等待垃圾车来回收。再次回到房间里的时候我疲累不堪，但这时房间已经显得非常空旷，只剩下床头柜上放着几个不知名的垃圾。只要把这些也丢掉，我激励自己：母亲和弟弟的房间从此就干净了。

　　这时我才发现床头柜上的东西让人感到困惑。

　　那东西浑身长满铁锈，体积大约有保险箱大小，上面架出一个方形支架，还配有一组像键盘的按钮。乍看之下是旧式打字机的样子，但奇怪的是，按键上面印着的不是英文字母，而是难以分辨的，像中文又不是中文的符号。

　　这到底是什么东西？

　　我抚摸键盘上浮凸的文字，努力想要理解它的作用。

　　然后我随意按下一个按键。

　　啪嗒。

我不知道应该如何形容那样的感受。

首先是意识被深深地劈出一道深渊，有温暖坚硬的什么进到里面，饱饱地填补所有意识的缝隙，我感知到从未感知过的事物，一开始还不知道什么被改变了，因为一切似乎都完全一样，只是迷迷糊糊地感受到相同的事物里出现了微妙的差异。

然后我意识到，是我自己的声音不一样了。我的意思是，在大脑里面不断描述外面的事物，不停说话的那个声音忽然用了另一种语言在说话。脑海中每个思绪的声音都开始说起华语，上一秒还是混沌复杂的语言，下一秒马上变得如此简单明亮，仿佛强硬地被设定成为母语。

我陌生的声音告诉我：打字。

手指无法停止地在打字机上跳动，以复杂的手法按下我原先不知道意涵的符号，并且精确地挑选出我每个想要说的词语。打字机上面没有纸，因此我打出的字并未显现在任何地方，但我清楚地记得每个打出来的文字和句子，并惊讶地得知我从前并不知道的事。

意大利空气的味道，嘈杂的教会音乐，女儿死亡的切心痛苦，从咖啡厅里听来的好笑故事……那些感受都陌生又熟悉，硬要形容的话，我像在阅读我并没有打出的字，就像重读一本很久没有读过的巨大小说，里面每个情节转折、每一句对白甚至每一个字都似曾相识又极为陌生。

我被那些海量的、毫无意义的信息所震慑，我感到恐惧，担忧自己会永无止境地在这个深不见底的洞中坠落。"我在哪里？"我抵抗不断向我意识飞来的文字，勉强在虚空中打出我的疑问。

我的手指加速跳动，然后我在里面读到我自己。

那天风大，我跟我弟弟，放学后一前一后地走向校门。

风胡乱拨弄的头发和衣服，我低着头，吃力地抵抗劈头强风，没意识到弟弟并没有跟上。这样一直走了很远很远，我走到校园外的摩托车旁边，才发现我弟弟不见了。那时我就有着不祥的预感。

我沿路回去找我的弟弟。穿过校门，经过各样不同的校舍，空无一人的食堂，办公室大楼工地，运动场。

我最后是在山坡上的升旗台找到了我弟弟。

升旗台前有堆积如山的旧书报，那对我弟弟而言是无法抵抗的宝库，大概是我们经过这里的时候，他被吸引住，掉队去翻找那些报纸里有中文字的东西。

之所以会有那么多的旧书报，是因为有段时间我们学校流行办环保大赛。学校为了鼓励环保，动员每个学生把家里的旧报纸搬到学校来做回收，比赛哪个班能回收重量最多的纸。我们非常认真地看待这个比赛，环保自然不是重点，每月公布的排行榜才是。校方显然低估了我们对这场比赛的重视，那几个月里我们用尽各种办法收罗纸类，每日清空小镇的书报摊，四处收刮店家不要的纸皮箱子，几乎把整个小镇的纸都集中到我们学校里来。

发疯一样抢夺纸张（并且很快就有人发现，称重的时候在中间的纸上洒水就能白白获得不少重量），有的班一个月就可以收集到数千公斤，以至于教室里没有可以摆放的空间。满溢出来的旧书报暂时被堆放在升旗台上，等待学校清点。

升旗台上很快就堆起山一样高的、好几吨的旧报纸。竞赛中落后的班级有时会派人去偷隔壁班的报纸，为了抵抗这样的侵略，每个班也派出几个比较暴力百厌^①的学生轮流巡逻。

因此当我发现我弟弟的时候，他正被我们班上几个巡逻的马来同学抓住。

我的马来同学们嬉笑着，要把我弟弟塞进一个绿色的大环保垃圾桶里。因为我弟弟身形十分瘦小，要把他塞进垃圾桶里面其实并不困难，但他们是在玩弄猎物一般，大笑着，一下一下地按压垃圾桶盖子。

啪。垃圾桶盖打开，弟弟满脸是鼻水和眼泪。啪。垃圾桶盖合上。

啪。垃圾桶盖打开，弟弟整张脸揪成一团，大声挣扎哭喊。

啪。垃圾桶盖合上，

啪。垃圾桶盖打开，我弟弟看见了我。

我弟弟大喊："国！"

几个围着他的人被弟弟忽然发出的喊叫吓了一跳，他们担心弟弟的哭喊会引来旁人，一鼓作气地把我弟弟关进垃圾桶里，不让他的声音传出去。他们笑嘻嘻地问我："班长怎么还没走？"

---

① 指调皮、捣蛋，令人生厌。

另一个人说："没事的班长，我们只是跟他玩玩，你不会去打小报告吧？"

"不会。"我干涩地说。

我看着垃圾桶里的我弟弟。我弟弟敲打着垃圾桶，发出闷闷的呐喊声："国！国！国！"

大概是从发音猜出和我的马来名字有关，"你认识他？"他们问我。我缓慢地摇头，我说："还是不要玩太过火了。"

然后我转身逃离。

远远地看见垃圾桶从山上滚下，沿路碾过草地，无声无息地停下。等他们离开，我从垃圾桶里面把弟弟捡回来。

我说："今天的事情你不可以讲出去。"

我弟弟蜷曲着身子，在垃圾堆里面一动也不动，只是哭。

我说："你有没有听到？"弟弟静默不语。

什么回应都没办法得到，所有的话都像石头落在海水里一样。我恼怒地抓我弟弟，用力地摇他，试图要从里面摇出一些回应来："平时不是很吵，现在我问你有没有听到？不会讲吗？"

我把弟弟的下巴抓住，那种触感极为怪异，柔软。

然后我狠狠地掴我弟弟耳光。

啪。

或许我真的欠了我弟弟些什么。

先生，我受过高等教育，当然知道母亲的话没有任何道理，但有时在一些没有办法翻过去的关卡，当我想起我弟弟，我无法克制地想，是我，是我无意识地在母亲的子宫里抢夺了应属我弟弟的养分，或许那条多余的、即将引发诸多灾难的染色体，原先应该落在我的身上。

分得染色体的弟弟，他和母亲预先透支了我的灾难。而我因着概率的缘故，我怀抱着毫无理由的幸运一路走到今日，沿途横征暴敛，不断形成新的伤害与杀戮。先生，我知道往者已矣，过去所有的暴力如今我已经无法追回。现在母亲已经不在，弟弟无法说出心中所想，我永远不可能获得原谅。

先生，如果可以，我愿意把这些全部给你，换取我弟弟留在你身上的，他内心的意念。

先生说过，所有的问题都是语言的问题。

按照先生所承诺的条件，我将最私密不堪的记忆与经验交给他，他就会借我母亲的语言，以此为我个人的困境指引出路。如今写到这里，我已经将自身全盘向打字机敞开，然而还是没有答案，先生也没有对我展示弟弟的意念。

我忽然意识到，我凭什么认为先生能提供所有问题的答案？我们都知道先生是言语修辞的专家，弟弟既然无法言语，我的记忆也不可靠，我所写出并读到的一切，都可能是出于先生和打字机所杜撰的故事。故事就是故事，文字就是文字，相信两者与救赎的相连，和母亲的迷信相差无几。

先生凭什么认为，现实的亏欠可以从这里轻巧化解？

我又凭什么信任先生？

这些文字都在虚空中打出，如果你能读到我写下的文字，那你必然是我的同伙，或许你和先生有相似的契约。作为同伴我善意地提醒你，先生的计划是一定失败的，完美的打字机永远不可能成功。即便能收集到够多的不同的意念，那些以伤害为动力而展开旅途的亡灵，大多只会叨叨絮絮地重述自身的困境，永远无法抵达自己以外的地方。抑或是完全相反，误信先生为我们所杜撰的故事，被打字机所吞噬，迷失在只有他人而没有自己的地方。

然而我也没有比信任先生更好的办法。当我消耗所有的自身经历，打字机吸食我，我经历生产的强烈阵痛，暂时从痛觉里产生快感的幻觉，于此得到暂时的谅解与宽慰。因此我也只能姑且一试。

或许有一天我会开始感到厌烦，到那时候，如果我还没得到我应得的回报，我会把机器拆毁，作为同等的报复。

这是我和先生之间的决斗。

你是我的证人，以及同伙，请务必在我的身上学到教训。

我为自己浅薄的见识，以及武断的结论道歉。

先生提醒我，还有一种可能的状况下你会读到我的文字：在你那里，完美的打字机已经成功，你毫无阻碍地读到了我所留下的所有意念。在那个机率极为渺小的状况下，我们不需要沉溺于自身，也不需要成为他人，我们在彼此之外的领域中相遇。

那是隐喻的领地。在那里所有的界限都模糊难辨，我和弟弟和母亲无法在那里分辨出彼此，子宫中的受精卵尚未分裂，连多余的染色体都未带有诅咒。一切都是好的。

我要如何抵达那样的地方呢？

我把手从打字机上抽起，伸到裤子的口袋里。我在口袋里面摸到一个小小的，尖锐的硬块，那是弟弟今天早上给我的白纸，现在它因为我的汗水而微微濡湿，遍布不规则的折痕，但白纸仍是白纸。

我将白纸在灯光下摊开，仔细审视，忽然发现纸上印有浅浅的纹路。纹路由无数个方形图腾组成，勉强看得出有汉字的笔画，能辨识出几个零星的字，但因为那些文字层层叠叠地压在彼此身上，完全不可能读出里面的内容。

这是弟弟想告诉我的话吗？

只有一个办法可以知道。

我把白纸摊平，卷入打字机的轮轴中，开始按下第一个键，第二个键，然后我把眼睛凑向魔眼。

在先生的魔眼里，我看见绿色充裕的草地，那是我们老家后面的社区草场，因为很久没有人打理，野草长得很长。日光朦朦，风大，在风下我母亲看着童年的我和我的弟弟，我们在草场里面。

草和我们幼年的胸部齐高，我们边走边举起手掌击打草头。啪、啪、啪。当我们的手掌拍击被风压弯的草身，总是会惊起一丛一丛的草蜢。

啪、啪、啪。

丛丛草蜢从草丛深处跃起，在空中划出小小的弧形，落下，又消失在草浪之中。

我和我弟弟沉迷这样的游戏。我们可以这样一整个下午向前跑，尽力伸展双臂如鸟，并且有规律地摆动双翅，以用最大的面积拍打出草蜢。啪、啪、啪。

啪、啪、啪。一拨儿草蜢落下后又掠起另一拨儿草蜢。草尖有时在我们手臂上划出血痕，但我们认为这更增添了游戏的趣味，我们毫无理由地嘶吼大叫，发出如同战场受伤士兵的号叫，悲壮艰难地，向草丛深处挺进。

有时我们会在行军的途中，尝试抓住跃起在半空中的草蜢。

这样的游戏很吃功夫，一个太用力会把草蜢抓死，太小力又会被它从指间挣扎脱走。我弟弟从未在这个游戏上面有过成功的记录，不是抓到空气，便是抓死草蜢，然而那时我只觉得他笨，并没有多想什么，我嘲笑他蠢，笑他死傻仔，而我弟弟他也笑。

有时我会成功抓住一两只，有时候分给他一只，有时候不分。

抓到的草蜢，我们把笔芯盒清空，把草蜢放进里面，塞几根草去养。笔芯盒里的空间很小，连幼年的我们的手指都放不下，所以如果抓到稍微大一些的草蜢，他们在进去之后就无法回旋，只能以固定的姿势，一动也不动地被固定在笔芯盒里。

在草场中的草蜢叫得凶猛，但进入笔芯盒以后，它们便沉静不响。有时因为这样的沉默，我们忘了它的存在，我们把笔芯盒放在裤子的口袋里、丢在写功课的桌子上、掉落在校车的坐垫夹缝中。几天以后偶然想起它，找出来一看，笔芯盒里满是黄灰色的大便，被捕获的草蜢淹没在自己的大便里面，无声无息地窒息而死。

现在想起来确实残忍，草蜢死去的过程一定非常缓慢痛苦，但在这样漫长的过程中，我从来没有听见过笔芯盒里的草蜢发出任何一点声音。

那个大风的午后，草场中的草蜢依旧叫得凶猛，日光朦朦，我母亲在草场边缘远远地看着我们，我跟我的弟弟，一边像小鸟一般展开双臂拍打草头，惊起草蜢如飞鱼，一边伸手去抓。

但那并不是适宜猎捕草蜢的午后，草蜢跃起后被风吹歪，呈现诡异无规则的抛物线，难以捉摸出手的时机。我在失手十几次之后，开始变得越来越不耐烦，越不耐烦就越抓不住，那天弟弟不寻常地抓得很准，然而每一次都太过大力，以至于出手就抓死一只。

"咦恶。"我弟弟每次抓死一只，他就发出这样惋惜又嫌恶的声音。他摊开手给我看破肠裂肚的草蜢，黏稠糜烂的黄白色的体液，粘满弟弟的手心。

"丢掉，很胃 [①]。"我对我弟弟说。

---

① 闽南语，意即"恶心"。

弟弟甩手丢掉死草蜢，我们继续拍打草头前进，草蜢跳跃，然后他伸手，又抓死一只。

"咦恶。"我弟弟说。

我觉得恶心，也认为这是弟弟施加于我的挑衅。我故意加快脚步甩开我弟弟，往更深处挺进，我听见我弟弟在后面打击草头并抓住草蜢的声音。

"咦恶。""咦恶。""咦恶。"

声音越来越远，我忽然有不祥的预感，那瞬间我弟弟忽然喊出我的名字："国！"

我回头，看见弟弟眼光指向的地方，我看见一只白犬全身着火向我们冲来，大热天，它的尾巴上的火苗点燃旁边的野草尖，风势催促火苗，草地沿着它进入的轨迹冒烟散开。白犬发出凄厉的悲鸣，"跑！"我跟我弟弟讲，然后头也不回，拔起双腿往草地更深处奔跑，弟弟远远地落在我的后头，我惊恐地叫，第一次感觉到肺里面的空气抽干。

弟弟远远地落在我的后头，那时候我听见狗的吠叫，咆哮，然后我听见我后面的弟弟在放声大笑，好似这是我们的游戏。

后

记

这部小说集里收入的七篇半小说，可以算作我写作第一个十年的总结。

十年这个数字有特殊的意义，在这十年开始的时候，我才刚从马来西亚来到中国台湾，住进林口山中的侨大。秋天，强风掠过茂密林木时发出海浪般的沙声，冬天下雨，山中涌起前所未见的大雾。新世界正以迷蒙姿态在眼前开展，因为无知所以勇敢的我，几乎是蛮横地选择了文学，并且毫无理由地，决定要写小说。

从十年后回望，这样的故作姿态，多少带有点尴尬但迷人的青春气味。那之后搬到台北，空气湿润，我在没完没了的阴雨和好几份工作的缝隙之间，开始散漫的修行。十年中经历几次动荡和转折，最终却还是带着强烈的自我怀疑，离开学院找到新工作，又辞去了工作，又找到了新工作。

凡此种种，皆远远偏离了当初设定的航道，现在的我，大概会让十年前刚到林口的我失望吧。

然而这或许也是一种成长。我鲜少感受到部分同侪和前辈们说的，那种有如神启的书写经验。写下这本集子中最后一篇小说时，我同时在写毕业论文，并且辞去了工作，每日睡到中午以后才起床，埋首于棉被和电子档之间，听几乎破掉的音乐，选择性地滑着三种社群网站，闭目不看撼动心神的新闻，和那些贫瘠苍白的文字持续缠斗。

这些困难究竟源自何处？那为什么还要写，既然写作让我痛苦？我反复这样诘问自己。

也许是因为，我对太多事情感到困惑。比如原生家庭的创伤、比如身为华人的意义，书写的技艺、无故降临于人的不平之事……我满腹狐疑，而小说是我唯一学会的提问方式。

要到很晚才意识到，这根本是请鬼拿药单。我所找到的小说擅于模糊而非厘清，长于歧义而非定义。因此每当我尝试用小说为问题找出答案，那些答案都诱导我走向更远的问题。太多问题而太少答案，书写因此艰难挪动，必须小心翼翼地变换不同的姿势，反复踩在同一个脚印上，以此一再探测脚下的土地是否坚实。

也许问题出在我身上。

在台湾十年以后，我很可能已经逐渐远离当初从家乡带来的问题，导致说，我如今所追逐的只是那些问题的残影。我的意思是说，因为少年时期的教育严重匮乏，因此如果我对马来西亚能有任何脱离个人经验之外的认识，那几乎全都来自中国台湾。

这似乎有种博尔赫斯小说的味道，我在台湾阅读有关家乡的史料与论述，在台湾学会书写与指称家乡的技艺，我的马来西亚因而早已无法和台湾经验区隔。当然，我对这些训练心存感激，但难免也有恐惧，担心自己离家乡的现实终究是越来越远了。

远方的现实如是，此地的现实亦如是。我清楚意识到，自己永远不可能与你们（他们）相同。我因此经常对台湾读者推崇的某些作者与作品，抱有复杂的情绪，台湾读者善意的称赞或批评，有时也让我感到茫然不解。

我这样说，大概不是出于孤愤嫉俗，而是因为，我们面对的终究是全然不同的问题。我羡慕你们攻坚那些问题的技法与身姿，然而似乎也仅止于此，对于这道门后的事物，我并不那么感兴趣，那毕竟是属于你们的门锁、你们的战争。

必须找到属于我方的战场、我方的问题、我方的语言。

设下这样的目标以后，浸润在这里的经验，同时成为优势和阻碍。必须一句一句检视习以为常的语言，将之捏烂压碎，重新开始牙牙学语。

当然，和林口时期相比，我如今已经不再天真地追求彻底的拆毁与新创。我珍惜自己多年来收集的一切事物，我在眼前巨大的废墟中徘徊，竭尽所能地邯郸学步、东施效颦，用这样的方式重新述说我方的故事。

至少，那是我希望能在这部小说里做到的。

一个问题的答案，总是诱导我们走向另一个问题：如果每个人都有各自的问题与答案，那谁还需要来自于我的，更多的、陌生的问题？这样的写作，究竟是为了谁？

前辈善意地警告：你不能带着满头问题冲进小说，然后在小说里再次迷失。

一开始我并不能理解这样的意思，直到后来种种问题变得如此巨大。大疫、政变、镇压、日常的微小困顿，现实的世界每每令我的文字感到无力。

至此终于体悟，小说从来不应该背负解决我问题的责任。小说远比我聪明，也远比现实巨大，它原来便是为了跨越这样的界限而存在。借由隐喻和扮演，小说虚构毫不相关之物的关系，虚构你我的连接，如此它将挣脱个人与现实的局限，将"我的问题"变为"我们的问题"，让带着不同问题的我们在那里相遇。

从这样的后见之明来看，初到林口的我之所以选择了小说，或许也是因为，在懵懂之中隐约意识到了这样的可能。（对一无所知的少年巫师而言，究竟是他选择了魔杖，还是魔杖选择了他？）

遗憾的是，这种对小说的认知，似乎也不会让我的写作变得比较愉快。幸运的是，这部小说集的完成得到许多人的帮忙。

首先是这本书的编辑禄存。我也曾经短暂当过编辑，然而就我对编辑工作的认识，禄存的诚恳与认真实在惊人。我自知自己的疏懒与骄傲，因此如果没有他专业的建议、数杯咖啡的督促，这部小说必然还遥遥无期。

接着是柏言、佳机、写作会与写作坊的同侪、Hoydea 中偶遇却记不得名字的许多朋友、陈志信、黄锦树、高嘉谦三位老师，还有我从未见过的林奕含。感谢他们向我揭示文学的样貌，并且在我穷困的时候给予经济上的援助，没有他们的善意，这部小说不可能存在。

当然，最要感谢的人是嘉珊，伊的手迹遍布整部小说的内里。

最后谢谢愿意读到这里，与我共享问题的你们，我对你们眼中所见的风景深感好奇。

出版后记

　　疫情期间的某个冬夜，我在东四北大街的"春风习习"书店，看印刻文学出版的名为"90后9短篇"特刊。起先，只是随手翻翻，直到看到邓观杰《巴黎》的开头：

　　"大学时代的我晚上睡在租回来的套房里，梦见了外祖父。他来找我父亲但父亲不在，于是他走进我们家里，坐在我们家的客厅等。"

　　这似乎是一个平常的，甚至有些繁冗的句子，但它一下子击中了我。

　　梦、外祖父、父亲、家、客厅……平淡但深切的口吻，让我联想到同样来自马来西亚的导演蔡明亮在戛纳60年的献礼影片中的

一段："我梦见父亲年轻时的样子，他半夜把我们叫醒，请我们吃榴莲。还有我母亲，她已经很老了。"（蔡明亮：《是梦》）

我去找观杰另外的作品来看，然后就是《乐园》。那一篇甚至更好。

我想，我一定要做观杰的书。

那些故事，介于回忆和梦的边缘，在过去、乡土、亲人与当下乃至未来之间，构筑了一座奇诡的废墟。

对于一个作者来说，观杰还很年轻。但作为一个年轻人，他又太过老成。

他试图在时代和记忆的裂隙中重新建立一种叙事体系，"但世界发散飘渺如烟雾"，曾经炙热的理想燃烧殆尽后，只能在梦与记忆的袅袅余烟中去救赎和唤醒。你会发现，无论是在迷蒙灯光中睁开血红巨眼的哥斯拉小镇，还是扬尘暴雨之中堆满废铁的荒芜乐园，这些烟雾总是氤氲缭绕其中，热气腾腾，逐渐模糊视线。人身处其中，只能任由这烟雾蒙住双眼，在巨大的记忆废墟中摸索前进，还会不时被各种奇怪小物件绊倒：残缺的哥斯拉玩具模型、烧焦的白狗、报废的游乐园机器零件、烧腊档生锈的大铁炉、弟弟收集的成捆旧纸堆……当心！稍不留神便会一脚踩空，掉进阿妈的黑洞。

而这些看似具体、零散的物件，其背后所折射的家庭关系之复杂，历史与记忆之纠葛，才是故事想表达的真正内核。真相在祖父的吞云吐雾间若隐若现，始终学不会抽烟的"我"只好闻着指尖残余的烟味，在梦中想象祖父的巴黎；台北的马桶冲不掉乡愁，扬言要跳粪坑自杀的阿妈最终化成窗台淋浴裸女脚边的泡沫，随破碎的蟑螂尸体漂向归家之路；资本的火车开进平静的小镇，却没有撞开一片兴盛繁华，地底孕育的小哥斯拉出生即死，最终与婆婆的棺材一同沉寂，徒留被掏空的地底与破败空荡的影院；低智的弟弟无法说出完整字句却坚持练习母语，渴望逃离原生家庭的兄长只能借由林语堂的打字机与其沟通，最终实现与母语的和解；小叔叔"为国家做点事"的理想火光再怎么耀眼，也终成其大哥烧腊档中的炉火，由归来的白犬一头撞翻，原来一切只是废墟焦土的幻想……正如试图修复破败乐园却神秘消失的阿爸，子对父的声声呼唤，更像是盘旋在理想废土上空的幽灵，诡异而余味悠长。

观杰向林语堂借来打字机，敲下文字，打造了这座巨大的乐园，并在拆毁过往的巨大废墟中徘徊，重新述说过去的故事，重建故乡与远方的答案，让答案在历史的废墟中碰撞相遇。

这是废墟的故事，也是故事的废墟。

感谢观杰带来的精彩文字，感谢双喜出版的廖禄存先生，感谢《萌芽》杂志社的桂传俍老师，他们都给我们带来了莫大的帮助。

如书中所言，故事总要开始。而同样，故事也永远不会终结。

读者邮箱：duzhe@lutebook.com

投稿邮箱：tougao@lutebook.com

宝琴文化

2022 年 1 月

图书在版编目（CIP）数据

故事的废墟 / (马来) 邓观杰著 . —— 北京 : 北京联
合出版公司 , 2022.4

ISBN 978-7-5596-5829-6

Ⅰ . ①故⋯ Ⅱ . ①邓⋯ Ⅲ . ①短篇小说 – 小说集 – 马
来西亚 – 现代 Ⅳ . ① I338.45

中国版本图书馆 CIP 数据核字 (2022) 第 000116 号

故事的废墟

作　　者：［马来西亚］邓观杰
出 品 人：赵红仕
选题策划：宝琴文化
出版统筹：赵　卓
特约编辑：艾　格　陈　璐
责任编辑：牛炜征
装帧设计：观　云
内文排版：文　雯

北京联合出版公司出版
（北京市西城区德外大街 83 号楼 9 层　100088 ）
北京联合天畅文化传播公司发行
北京美图印务有限公司印刷 新华书店经销
字数 150 千字　　880 毫米 × 1230 毫米　　1/32　　9.25 印张
2022 年 4 月第 1 版　　2022 年 4 月第 1 次印刷
ISBN 978-7-5596-5829-6
定价：58.00 元
